岁月如歌

劉沂春先生著

淡堂王禹题

刘沂春｜著

五洲传播出版社
China Intercontinental Press

图书在版编目（CIP）数据

岁月如歌 / 刘沂春著 . -- 北京 : 五洲传播出版社，2023.10

ISBN 978-7-5085-5082-4

Ⅰ . ①岁… Ⅱ . ①刘… Ⅲ . ①诗集－中国－当代 ②散文集－中国－当代 Ⅳ . ① I217.2

中国国家版本馆 CIP 数据核字 (2023) 第 159180 号

作　　者　刘沂春
责任编辑　梁　媛
装帧设计　红方众文　张　芳　龚　爽
出版发行　五洲传播出版社
地　　址　北京市海淀区北三环中路 31 号生产力大楼 B 座 6 层
邮　　编　100088
发行电话　010-82005927，010-82007837
网　　址　http://www.cicc.org.cn，http://www.thatsbooks.com
印　　刷　西安盛业印务有限公司
版　　次　2023 年 10 月第 1 版第 1 次印刷
开　　本　787mm × 1092mm　1/32
印　　张　8
字　　数　80 千
定　　价　58.00 元

目录

诗词篇

散文篇

序言

窗外的鞭炮声预示着 2022 年即将逝去。在这辞旧迎新的时刻，时光的年轮又将留下一道深深的痕迹。

走进书房，翻开两年来记录下的只言片语，脑海里瞬间闪过丝丝印记。

工作之余，利用出差、休假及节日游走时的所见、所感和所思作为生活的素材，借由诗歌抒发表达，然后加以整理，终于形成今天的这些文字。这些诗文，既有对身边细微小事的刻画，也有对社会生活的关注。诗文从古典中走来，却不知能否与时代合拍？

即将付梓的这本诗文集，纯然表达心之所感、意之所念。其诗文作品涵盖山川风景、节令习俗、风土人情等，有对亲情、友情的珍惜，有对美好生活的向往，有对祖国自然风光的赞美，有对文物古迹的咏叹，也有对新时代欣欣向荣的社会风貌的感慨。

尘封的日子不会是一片云烟，就让我的这本诗文集留下一片真情，供读者们闲暇时消遣。

2022 年 12 月 31 日晚，于陕西省西安市

诗词篇

天问

2021年1月3日于陕西省西安市·曲江

人间热闹月宫寒，
寂寞嫦娥回家园。
日月列星安属陈？[1]
天问一号[2]有答案。

[1] 安属陈，出自屈原《天问》中“日月安属？列星安陈？”

[2] 截至2021年1月3日6时，天问一号探测器已经在轨飞行163天，飞行里程突破4亿公里，距离地球约1.3亿公里，距离火星830万公里。探测器姿态稳定，按计划将在一个月后实施近火制动，进入环火轨道，准备着陆火星。

庚子小寒

2021 年 1 月 6 日于陕西省西安市 · 曲江

小寒时节寒流到，
树枯枝垂落叶飘。
新冠变异又重来，
风刀霜剑不折腰。

〰〰〰

窗含秦岭

2021 年 1 月 7 日于陕西省西安市 · 雁塔旁

窗含秦岭四季景，
雁塔南湖入画中。
年年岁岁景相似，
岁岁年年情不同。

古城墙

2021 年 1 月 8 日于陕西省西安市·城墙

数九寒天遇暖阳，
护城河边沐金光。
蓝天之下古城美，
最美还是古城墙。

〰〰〰

腊八

2021 年 1 月 20 日于陕西省西安市

腊八遇大寒，
匆匆又一年。
半生似流水，
往事如云烟！

真风景

2021年1月29日于陕西省西安市

一轮明月挂长空，
多日雾霾终散净。
月圆未必花开时，
心花怒放真风景。

残柳

2021年2月1日于陕西省西安市·护城河

护城河水清又清，
残柳羞面梳妆镜。
婀娜多姿会有时，
平心静气待春风。

立春

2021年2月3日于陕西省西安市

枯木又逢春，
花草日日新。
鱼陟负冰游，[1]
蛰虫抖精神。
东风剪嫩柳，
艳阳暖人心。
三阳开泰时，
辛丑扭乾坤。

[1] 鱼陟（zhì）负冰，意思是立春三候，河里的冰开始融化，鱼开始到水上面游动，此时水面上还没有完全融解的碎冰片，如同被鱼负着一般浮在水面。

天上人间

2021年2月8日于陕西省西安市·曲江

送走庚子迎牛年，
千年古都换新颜。
曲江南湖夜色美，
难辨天堂与人间。

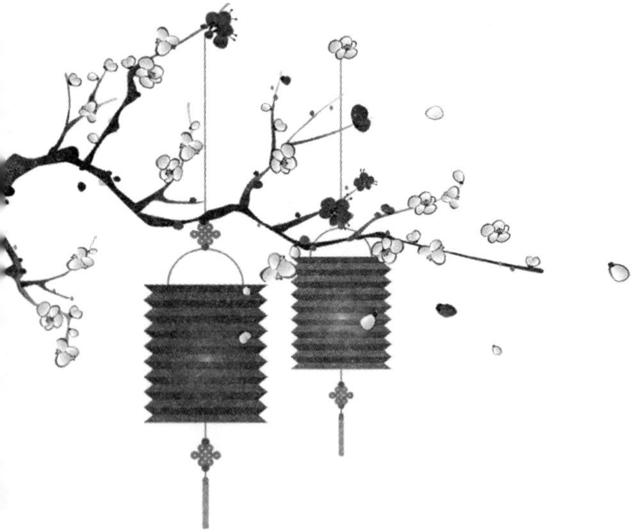

蝴蝶兰

2021 年 2 月 9 日于陕西省西安市

最爱蝴蝶兰，
陪我过大年。
百花皆凋谢，
独你最耀眼。
数九严寒时，
伴我迎春天。
好好侍护你，
但愿天天见！

迎新春

2021 年 2 月 11 日于陕西省西安市

辛丑迎新春，
团圆一家亲。
千山和万水，
微信心连心。

盛世家园

2021 年 2 月 12 日于陕西省西安市 · 曲江

灯光璀璨耀夜空，
大雁塔下人攒动。
牛转乾坤驱新冠，
天佑中华庇众生。

春意浓

2021 年 2 月 13 日于陕西省西安市

乌云压古城，
雾霾已荡净。
万家庆团圆，
神州春意浓。

〰〰〰

盼东风

2021 年 2 月 14 日于陕西省西安市 · 曲江

传统佳节话传统，
情人节里叙友情。
西学东渐何所惧？
湖边杨柳盼东风。

正月初五

2021年2月16日于陕西省西安市・航天城

正月初五天空晴，
秦岭落日入画中。
夜幕降临月升起，
万家灯光相辉映。

〰〰〰

雨水

2021年2月18日于陕西省西安市

雨水润花蕾，
霎后花成堆。
何故君自知，
辛丑硕果累！

致敬英雄

——有感于中印边境冲突

2021年2月20日于陕西省西安市

面对这群外强中干的恶魔，
英雄们伸出双臂，
大吼一声：“停止越界，这里有我。”
虽然我赤手空拳，
但我决不畏缩。
因为我是仁义之师，
我的背后有强大的祖国。
让我们记着这些最可爱的人吧，
是他们用生命换来我们幸福的生活！

致敬伟大的脱贫攻坚战

——有感于全国脱贫攻坚总结表彰大会

2021年2月26日于陕西省西安市

建党一百年，
中国已巨变。
全民奔小康，
再无贫困县。
脱贫攻坚战，
善举千千万。
时代造英雄，
伟大靠平凡。
摘帽不松懈，
还需加油干。
乡村要振兴，
永远无终点。
中华文明史，
今朝更壮观。
人间出奇迹，
世界刮目看！

倒春寒

2021年2月28日于陕西省西安市·曲江

墨染天空花妆地，
春寒料峭喜降雨。
几人识得东风面？
只等归燕啄新泥。

〰〰〰

春暖花开

2021年3月4日于陕西省西安市·曲江

暖阳唤醒花满楼，
春风剪出鹅黄柳。
河边小草悄悄绿，
水中鸳鸯双双游。

惊蛰

2021 年 3 月 5 日于陕西省西安市

天公霹雳惊蛰虫，
大地复苏万物生。
又是一年春来早，
万里河山别样红。

女神

2021 年 3 月 8 日于陕西省西安市

女神纷纷离月宫，
身似新柳舞东风。
正是人间百花开，
娇与桃花相映红。

莫等闲

2021 年 3 月 11 日于陕西省西安市

花开花落又一年，
人生三万六千天。
冬雪夏绿顺自然，
秋月春风莫等闲。

龙抬头

2021 年 3 月 14 日于陕西省西安市

二日初二龙抬头，
鸟语花香歌满楼。
忽忆年少乡村事，
家家此日使耕牛。

沙尘暴

2021 年 3 月 17 日于陕西省西安市

黄沙漫漫袭古城，
仿佛置身在火星。
最厌每年沙尘暴，
春暖花开煞风景。
自然灾害难逃避，
可恶人为污环境。
借着迎接全运会，
到处施工瞎折腾。

金水湾

2021 年 3 月 18 日于陕西省西安市

姹紫嫣红金水湾，
百花齐放花满院。
百鸟朝凤养心地，
乐在其中谱华年！

~~~~~~

花落去

2021 年 3 月 19 日于陕西省西安市

风吹雨打花落去，
散入草丛化春泥。
莫叹花开时光短，
枝繁叶茂归功你！
~~~~~~

春分到

2021 年 3 月 21 日于陕西省西安市

苍龙抬头春分到，
万紫千红阳光照。
曲江大唐不夜天，
巧夺天工竞妖娆！

〰〰〰

小五台

2021 年 3 月 21 日于陕西省西安市·长安区

秦岭山中小五台，
娑罗树下佛祖在。
天地氤氲灵气生，
万物化醇混沌开。

少陵塬

2021年3月27日于陕西省西安市·杜公祠

春到少陵塬，
参拜牛头禅。
杜公祠里览诗书，
袁天罡墓肃立站。
风水宝地聚人气，
常来此处开心颜。

自由岛

2021年4月2日于海南省海口市

椰林听涛观大海，
万绿园中舒情怀。
高楼如笋平地起，
自由岛上畅未来！

赶海

2021年4月3日于海南省海口市

苍茫云海间，
海市蜃楼现。
岸边棕榈树，
伴我走沙滩。

橘阳下面

2021年4月3日于海南省东方市

橘阳下面打鱼船，
海面碧绿似锦缎。
波涛拍岸凉风起，
醉卧沙滩不回还。

退潮

2021 年 4 月 4 日于海南省东方市

清早潮退去，
低了两三米。
极目云海间，
隐隐现岛屿。
岸上传歌声，
此刻最惬意。
人生顺自然，
世界好神奇。
海面趋平静，
水清可见底。
海草一片片，
周围有小鱼。
多是赶海人，
赤脚水中戏。
这才是生活，
忽然悟真谛。

大东海

2021年4月4日于海南省三亚市

碧海蓝天东海湾，
白云阳光映沙滩。
椰风和畅欢歌起，
喜结一帮新青年。

王阳明

2021年4月17日于北京市·北京师范大学

京师学堂在昌平，
齐聚认知王阳明。
立德立言做圣贤，
兢兢业业练内功。
龙场悟道立心学，
狂放无畏真豪雄。
百死千难悟良知，
波澜壮阔度一生。

学党史

2021 年 4 月 20 日于陕西省西安市·西北饭店

谷雨时节雨如丝，
又到万物生长时。
建党百年解密码，
静下心来学党史。

开新局

2021 年 4 月 24 日于陕西省西安市

百年历程铸辉煌，
学习党史悟思想。
乡村振兴开新局，
建党百年谱华章。

曲江夜空

2021 年 4 月 30 日于陕西省西安市 · 曲江

曲江夜空色阑珊，
疑似天宫降人间。
美轮美奂迎全运，
大唐盛世又重现！

～～～～～

回家乡

2021 年 5 月 1 日于陕西省西安市 · 咸阳机场

西安菏泽通了航，
坐上飞机回家乡。
舒适方便父母乐，
感恩祖国感谢党！

立夏

2021 年 5 月 5 日于山东省菏泽市·牡丹机场

时光荏苒春已去，
满目青翠绿欲滴。
愿君天天笑颜开，
人生处处有惊喜。

天问一号

——有感于天问一号成功着陆火星

2021 年 5 月 15 日于陕西省西安市

天问一号到火星，
不可能的变可能。
发掘智慧寻奥秘，
探索宇宙无止境。

〰〰〰

终身学习

2021 年 5 月 16 日于北京市 · 北京师范大学

闻修正道从良师，
答疑解惑得真知。
积极态度待人生，
终身学习莫松弛。

双星陨落[1]

2021年5月22日于陕西省西安市

双星陨落驾鹤去，
地动山摇昆仑泣！
肝胆相照救苍生，
稻神济世万家忆。

[1] 2021年5月22日“中国肝胆外科之父”吴孟超、“杂交水稻之父”袁隆平相继去世，举国同悲。

万城空巷[1]

2021年5月24日于陕西省西安市

倾其一生为民生，
万城空巷送袁公。
以食为天百姓安，
一日三餐思神农。

[1] 2021年5月24日，“杂交水稻之父”、“共和国勋章”获得者、中国工程院院士袁隆平遗体送别仪式在长沙举行。

庆两院院士大会召开

2021 年 5 月 9 日于陕西省西安市

创新何须问出身？
贵子不乏出寒门。
自立自强求真理，
英雄多是平凡人。
尊重知识敬人才，
培养大师增自信。
中华民族要复兴，
科教兴国是核心。

草木香

2021 年 5 月 30 日于陕西省西安市

夏季万物长，
窗外草木香。
仰笑出门去，
尽情沐日光。

夏雨

2021 年 5 月 31 日于陕西省西安市

夏雨知人心，
酷暑忽散尽。
心善天相助，
一切皆缘分。

童心未泯

2021 年 6 月 1 日于陕西省西安市

昨日儿童已半生，
岁月匆匆像阵风。
童心未泯纯真在，
四季如歌永年轻。

龙槽

2021 年 6 月 3 日于陕西省延安市・宜川县

黄河在咆哮，
一泻入龙槽。
奔腾千万里，
百折不动摇。

枣园

2021 年 6 月 4 日于陕西省延安市

运筹帷幄在枣园，[1]
决战千里听召唤。
五大书记聚于此，
胜利曙光已显现。

[1] 枣园曾经是中共中央书记处所在地，位于陕西省延安市城西北 8 公里处。1944 年至 1947 年 3 月，中共中央书记处由杨家岭迁驻此地。

西岳庙

2021 年 6 月 11 日于陕西省华阴市 · 西岳庙

敕修西岳庙，
重门次第高。
华山入画来，
黄河脚下绕。
沧桑千百年，
老腔在吼叫。
世界非遗日，
陕西做得好！

刘志丹

2021年6月12日于陕西省渭南市·渭华起义纪念馆

群众领袖刘志丹，
渭华起义英雄汉。
建立革命根据地，
领导人民打江山。

大峪口

2021年6月13日于陕西省西安市·终南山茅棚

大峪深处有人家，
门前溪水哗啦啦。
满目青山空气香，
风卷残云掠山坳。

端午安康

2021年6月14日于陕西省西安市

飞龙在天起端阳，
中正之道谱华章。
苍天有情雨纷纷，
神州万里粽子香。

探赜索隐

——有感于神舟十二号载人飞船发射圆满成功

2021 年 6 月 17 日于陕西省西安市

神舟十二开新篇，
中国有了空间站。
入住天和核心舱，
科学研究做实验。
探赜索隐走太空，
浩翰宇宙任登攀。
建党百年献大礼，
航天强国莫等闲！

皓月

2021 年 6 月 22 日于陕西省西安市・曲江

皓月躲上柳梢头，
半遮半隐犹害羞。
阴晴圆缺千万载，
恁有什么看不透？

高峰论坛

2021 年 6 月 26 日于北京市・通州区

天南地北聚通州，
传统文化探源头。
昨夜天公喜降雨，
高峰论坛竞风流。

七一勋章[1]

2021年6月30日于陕西省西安市

平凡英雄不平凡，
七一勋章沉甸甸。
根植人民忠于党，
埋头苦干做奉献。

[1] 2021年6月29日10时，“七一勋章”颁授仪式在人民大会堂隆重举行，授予29名同志“七一勋章”。

百年风雨

2021年7月1日于陕西省商洛市·锦苑盘古山庄

历史选了共产党，
中国人民得解放。
风雨百年创奇迹，
再启征程斩波浪。
提出希望发号召，
永葆青春图自强。
伟大复兴中国梦，
下个百年更辉煌！

云水禅心

2021 年 7 月 4 日于陕西省西安市 ·
管坪村遇见 7 号民宿

云水禅心好自在，
秦岭山里抒情怀。
难抛红尘世俗事，
无可奈何夜归来。

大峪

2021 年 7 月 16 日晚于陕西省西安市 · 大石峪

炁出秦岭净，
月升山里明。
农家一壶酒，
相伴有溪声。

唐村

2021 年 7 月 19 日于陕西省西安市

背依神禾塬，
南望终南山。
长安唐村里，
依稀千百年。

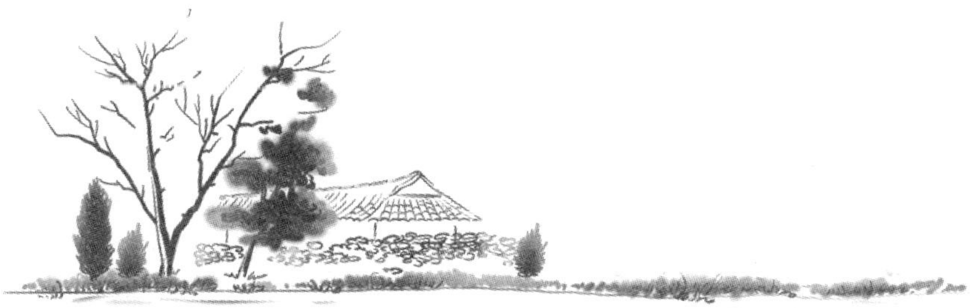

防汛救灾

2021年7月22日于陕西省西安市

千年一遇强降雨，
河南各地遭袭击。
郑州内涝车成船，
大水灌到地铁里。
各地市县成汪洋，
街道如河水湍急。
全国铁路大停运，
防汛救灾排第一。
总理召开常务会，
灾情牵动总书记。
军民牵手齐上阵，
河南定能扛过去。

新城大院

2021 年 7 月 24 日于陕西省西安市·陕西省政府

新城大院郁葱葱，
大暑时节绿意浓。
追赶超越靠实干，
三秦大地树新风。

汤浴

2021 年 7 月 28 日于陕西省西安市·蓝田县

蓝田汤峪知了多，[1]
玉带缠院绿满坡。
治病疗养美容颜，
肌如凝脂肤似雪。

[1] 知了即金蝉。

凤凰涅槃

2021 年 7 月 28 日于陕西省宝鸡市・凤县

凤凰涅槃栖凤县，
嘉陵江水韵江南。
群星璀璨耀夜空，
上弦下弦月光满。

~~~~~~

后库[1]

2021 年 7 月 29 日于陕西省宝鸡市・凤县

绕行十八弯，
后库隐凤县。
此处风水好，
文献藏深山。

[1] 后库，全称为陕西省档案局后库管理处，位于宝鸡市凤县境内。存放着 1950–1956 年西北局的文献资料。
~~~~~~

秦岭魂

2021年7月31日于陕西省西安市·太平森林公园

太平峪里百草香，
林荫路幽胜画廊。
汪汪深潭玉溪串，
彩虹瀑布挂天上。

我曾当过兵

2021 年 8 月 1 日于陕西省西安市

我曾当过兵，
站如一棵松。
生活爱整洁，
走似一阵风。

我曾当过兵，
明星不追捧。
土豪不羡慕，
敬仰是英雄。

我曾当过兵，
爱论事不公。
关心天下事，
遇险往上冲。

我曾当过兵，
委屈不吭声。
不是我软弱，
心中有杆称。

我曾当过兵，
难忘是军营。
喜欢唱军歌，
最恋战友情。

我曾当过兵，
对党最忠诚。
不忘是初心，
牢记是使命！

新疫情

2021年8月5日于陕西省西安市·曲江

大唐不夜城，
又逢新疫情。
往昔喧嚣处，
今日少人行。

立秋

2021年8月7日于陕西省西安市

立秋一到风送爽，
金色阳光洒满窗。
泽被三秦迎丰收，
瓜果飘香粮满仓。

屈原

——观《典籍里的中国》，撒贝宁穿越千年对话屈原有感

2021 年 8 月 15 日于陕西省西安市

七夕家中叩问天，
穿越千年见屈原。
志存高洁做《橘颂》，
家国情怀树典范。
联齐抗秦修法度，
三闾大夫举能贤。
君昏忠良遭放逐，
体察民情民纪念。
上下求索无止境，
探赜索隐开新篇。
无韵《离骚》谱华章，
《楚辞》留芳满宇寰。

秋月

2021年8月17日于陕西省西安市·曲江

曲江南湖秋月明，
水天一色胜仙景。
巧夺天工入画来，
年年四季景不同。

天地包间

2021年8月25日于陕西省西安市·十寨沟

有山有水有森林，
有茶有酒有贵宾。
天地包间品野菜，
不妨常做秦岭人。

牛背梁

2021 年 8 月 26 日于陕西省商洛市

天然氧吧牛背梁，
养在深闺细梳妆。
不愠不火修内涵，
静盼知己如意郎。

〰〰〰

秋雨绵绵

2021 年 9 月 4 日于北京市

秋雨缱绻秋风凉，
独居客室品茶香。
人在旅途诗书伴，
也无寂寞也无恙。

防未病

2021 年 9 月 6 日于北京市

克服懒惰勤运动，
身心健康防未病。
人到中年别负重，
放下包袱再前行！

白露

2021 年 9 月 7 日于北京市 · 大兴机场

寒生露凝天转凉，
秋高气爽雁成行。
桂花飘香啜米酒，
抢收抢种农事忙。

艳阳天

2021年9月9日于陕西省铜川市·药王山

九九艳阳天，
问道药王山。
手捧千金方，
仿佛真人现。[1]

[1] 真人指“药王”孙思邈。

翠华山

2021 年 9 月 12 日于陕西省西安市·长安区翠华山

天街天池迎客松，
秀峰秀水冰风洞。
阳光洒满登天梯，
日月同辉映山顶。

全运会

2021 年 9 月 15 日于陕西省西安市

建党百年办盛会，
三秦大地放光辉。
运动健儿聚古城，
灞水之畔战鼓擂。
弘扬道德崇风尚，
胜不骄来败不馁。
全民全运体质强，
同心同行好运随。

欢迎回家

2021 年 9 月 17 日于陕西省西安市

遥远太空路漫漫，
沧海桑田多变换。
灿烂星河添新客，
国人有了空间站。
在轨飞行三个月，
天和内外做试验。
神舟十二凯旋回，
中秋将至庆团圆。

老子

——观《典籍里的中国》之《道德经》有感

2021年9月18日于陕西省西安市

老子天下第一，
洛邑相遇仲尼。
无为弃官归隐，
骑牛翩然而去。
守住一盏灯火，
甘为文明传续。
上善若水不争，
泽被万世若玉。

张岳崧

2021 年 9 月 30 日于海南省 · 定安县

海南探花张岳崧，
容膝可安后人敬。
二龙戏珠风光好，
高林故里满宾朋。

〰〰〰

黄土高原

2021 年 9 月 19 日于陕西省延安市 · 黄龙县

秋雨润高原，
层峦与天连。
滔滔黄河水，
苍龙盘山间。

黄龙

2021 年 9 月 19 日于陕西省延安市 · 黄龙县

层层梯田层层浪，
天壤合一如画廊。
天堑今日变通途，
来去黄龙易反掌。

周易

——观看《智慧里的中国》之《周易》有感

2019年9月20日于陕西省西安市

岁岁年年无止息，
年年岁岁有交替。
日月昼夜尊大道，
大道元典是周易。
推理天道明人事，
敬天效地循规律。
人更三圣历三古，
孔子十翼成义理。
皇天无亲崇大德，
礼乐治邦顺民意。
自强不息乃君子，
厚德载物为大地。

皓月

2021 年 9 月 21 日于陕西省西安市 · 曲江

皓月挂中天，
家家庆团圆。
乾坤生清气，
神州夜无眠。

辛丑秋分

2021 年 9 月 23 日于陕西省西安市 · 曲江

秋分时节雨茫茫，
风云变幻起苍黄。
丰收节里就菊花，
白昼黑夜两均长。

感受海南

2021 年 9 月 26 日于海南省海口市

天下最美是海南，
每日风云起变幻。
植物繁茂四季绿，
空气清新无污染。

西秀海滩

2021 年 9 月 27 日于海南省海口市

风儿自由飞扬，
翻起层层波浪。
白云镶嵌蓝天，
大海装进胸膛。

宋庆龄

2021 年 9 月 29 日于海南省文昌市 · 宋氏故居

伟大女性宋庆龄，
追随国父为革命。
临终加入共产党，
安邦兴国献毕生！

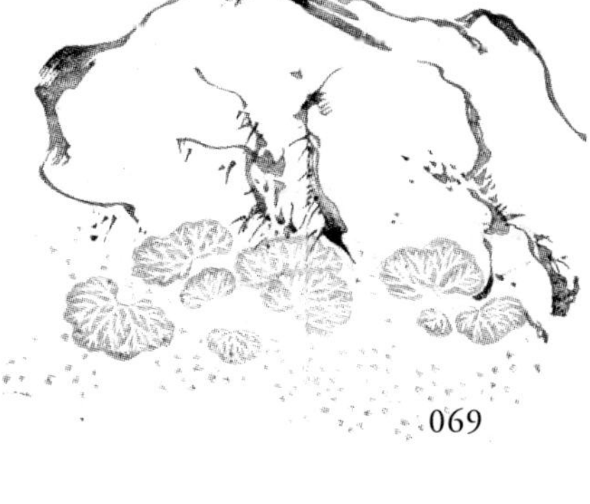

宋氏祖居

2021年9月29日于海南省文昌市·宋氏故居

山上有林巽艮渐，
祝吉亭上许心愿。
宋氏家族展宏图，
壮观椰子纪念园。

秋雨

2021年10月6日于陕西省西安市

日月不问赶路人，
连绵秋雨洗风尘。
任凭风云多变幻，
自有一颗平常心。

道永恒

2021年10月7日于陕西省西安市

曲江秋色色不同，
处处时时变化中。
变化时节应万变，
坚持操守道永恒。

重阳节

2021 年 10 月 14 日于陕西省西安市

九月初九又重阳，
秋雨霏霏秋风凉。
不悲黄叶落满地，
更喜菊花分外香。

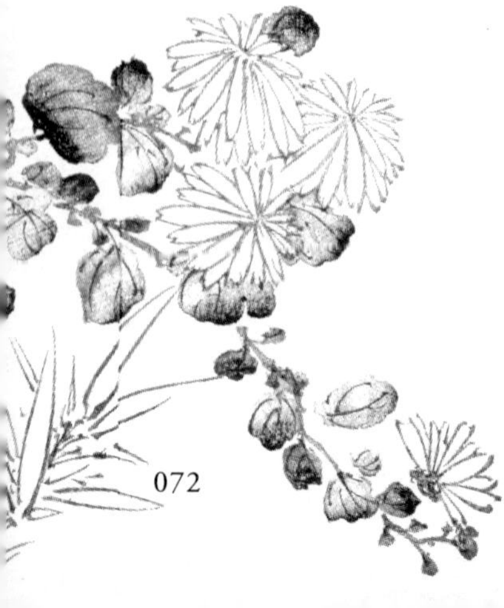

再探苍穹

2021年10月16日于北京市

再探苍穹又出征，
频频往返天际中。
六次飞行做实验，
航天强国不是梦。
空间天和核心舱，
多了一位女英雄。
离家半载莫寂寞，
完成任务多保重！

白洋淀

2021年10月17日于河北省保定市·白洋淀

白洋淀里芦苇荡，
千辗万转河道长。
燕赵祖泽福祥地，
水秀鱼肥莲藕香。

绘画者

2021年10月17日于河北省保定市·望月岛

背对暖阳面荷塘，
眼里胜境绘纸上。
心中装满真善美，
明刀暗箭又何妨？

联合国

——有感于中华人民共和国恢复联合国合法席位50周年纪念会议

2021年10月26于陕西省西安市

回首五十周年前，
联合国里添一员。
中国人民得胜利，
捍卫正义反霸权。
自强不息奔小康，
打赢脱贫攻坚战。
履行职责尊宪章，
维护和平同发展。
构建人类共同体，
共商共建共理念。
青山一道同风雨，
自转公转一道转。

秋尽

2021年10月27日于陕西省西安市

霜打树叶黄，
护城河水凉。
冽冽西风吹，
旌旗满城墙。

问斜阳

2021年10月28日于陕西省西安市

窗外树叶黄，
宅家品茶香。
疫情何时了？
不妨问斜阳。

秋夜思

2021 年 10 月 30 日于陕西省西安市

明月初照妆镜台，
何处相思几徘徊？
仰望玉盘举杯盏，
我逐华光送君来。

〰〰〰

和《秋夜思》

2021 年 10 月 30 日陕西省西安市
作者：曹琼

冰轮灿灿缀当空，
入夜清凉露愈浓。
放目东西南北去，
欣逢盛世享繁荣。

追忆岁月

2021年10月30日陕西省西安市
作者：曹琼

冬声渐近已秋阑，
岁月神偷晓尾年。
苦短人生如瞬梦，
红尘滚滚视云烟。

〰〰〰

和《追忆岁月》

2021年10月30日于陕西省西安市

秋尽冬来又一年，
蜉蝣一世何其短？
逝去岁月莫追忆，
精彩人生又开端！

悼韩增禄老师[1]

2021 年 10 月 31 日于陕西省西安市

易学大家离人寰，
惊闻噩耗泪潸然。
学为人师做表率，
行为世范桃李赞！

[1] 韩增禄教授于 2021 年 10 月 29 日 11 时 42 分在北京家中辞世，享年 84 岁。2021 年 10 月 31 日上午 10：30 在北医三院举行和众亲友代表的简短告别仪式，因疫情不能前去吊唁。愿韩老师一路走好。

落叶

2021 年 11 月 1 日于陕西省西安市

你从春天走来，
却在秋天离开。
看似无情总关情，
落叶归根化尘埃。

祝母亲生日快乐

2021 年 11 月 3 日于陕西省西安市

我向父母敬杯酒，
儿女祝您乐无忧！
你们快乐我高兴，
我们高兴您长寿！

赞国家科学技术奖励大会

2021年11月4日于陕西省西安市

科学春天又来临，
颁奖盛典撼国人。
尊重规律攀高峰，
揭榜挂帅促创新。

丰年好大雪

2021年11月7日于陕西省西安市

大雪不顾赶路人，
浊酒一杯慰风尘。
立冬未至大雪到，
遍地雪花遍地金！

上善若水

——观《典籍里的中国》之《道德经》有感

2021 年 11 月 12 日于陕西省西安市

穿越在古今，成了周朝人。
再不得真知，就是无业民。
本想逍遥游，忽感有责任。
行路容易否？秦岭千万仞。
展眼望星空，斗徽似我心。
高山若我父，江河是母亲。
我心即宇宙，梦想能成真。
但愿梦不醒，再不入俗尘。

唐丰陵

2021 年 11 月 14 日于陕西省渭南市·富平县

登上唐丰陵，
造访唐顺宗。
虎头山耸立，
富平柿子红。

〰〰〰

十寨沟

2021 年 11 月 14 日于陕西省西安市·鄠邑区

潇洒走秦岭，十寨好心情。
有山又有水，浑然天地成。
祥遇和平鸽，竹林半山中。
人生不容易，何须太匆匆？

橘月

2021 年 11 月 19 日于陕西省西安市

橘月是真看似假，
巧夺天工应无瑕。
人生如梦真是梦？
亦梦亦真走天涯！

西风凉

2021 年 11 月 21 日于陕西省西安市

天蓝日暖树叶黄，
雨雪过后西风凉。
春花秋月成追忆，
时光荏苒自思量。

鸡心岭

2021年11月24日于陕西省安康市·镇坪县

登上鸡心岭，
一脚踏三省。
阳光照界碑，
群山拥镇平！

民殷富

2021年11月25日于陕西省安康市·平利县

高阁临江渚，
朝秦暮思楚。
昔日征战地，
如今民殷富。

百脉泉

2021年11月28日于山东省济南市·章丘

百脉泉里泉洗心，
词宗忧国亦忧民。[1]
辗转半生无奈何，
我本也是齐鲁人。

[1] 词宗是指南宋词人李清照。

凌晨惊梦

2021 年 12 月 1 日于北京市

凌晨惊梦初醒，
披衣推窗览胜。
新月映照京华，
看似一派繁荣。
楼内千家万户，
酸甜苦辣人生。
功名利禄难脱，
诗词歌赋追梦。

福山

2021 年 12 月 4 日于海南省海口市 · 福山镇

福山福水福遍地，
红壤富硒满目绿。
一杯咖啡沁心脾，
寻味乳猪水蒸鸡。

高林愿景

2021年12月5日于海南省海口市·定安县高林村

群山环抱，心定神怡。
负阴抱阳，左辅右弼。
一阴一阳，天人合一。
天门地户，纳风聚气。
画龙点睛，文化唱戏。
三教合一，中西合璧。

祈平安

2021年12月7日于北京市

龙腾虎跃红旗展，
中华上下五千年。
亲朋好友同学情，
东南西北祈平安。

大西安

2021年12月13日于陕西省西安市

俯瞰大西安，
壮美似画卷。
我虽画中人，
芸芸众生间。
心底本善良，
难得见圣贤。
旭阳又东升，
雁塔立千年。

战疫情

2021 年 12 月 18 日于陕西省西安市 · 曲江

新冠肺炎又扩散，
西安全民做核酸。
雁塔区域被封控，
出入小区保安拦。
一年三次疫情袭，
偏袒西安为哪般？
年终岁尾战疫情，
宅家也是做贡献。

冬至

2021 年 12 月 22 日于陕西省西安市 · 曲江

冬至日短夜深长，
子时月冷光透亮。
莫惧数九严寒袭，
一阳来复迎曙光。

尚书[1]

2021年12月23日于陕西省西安市·曲江

伏生护书传天下，
禹划九州定华夏。
先儒圣贤耀千秋，
弦歌不辍正芳华。

[1]《尚书》是中国现存最早的历史文献汇编，上起尧、舜、禹传说时期，下讫秦穆公时代，现仅存二十九篇。

抗击疫情

2021 年 12 月 23 日于陕西省西安市·曲江

跑步仰卧勤锻炼，
抗击疫情莫等闲。
静坐思过勤读书，
笑迎重启那一天！

风刀雪剑

2021 年 12 月 25 日于陕西省西安市·曲江

风刀雪剑严相逼，
抗击疫情古城闭。
平安夜里不平安，
七十八例正当急。

宅家

2021 年 12 月 25 日于陕西省西安市 · 曲江

风雪交加，抗疫宅家。
洗衣做饭，读书品茶。
锻炼身体，吟诗作画。
何愁之有？快乐当下。

怀念毛泽东

2021 年 12 月 26 日于陕西省西安市 · 曲江

往年圣诞闹哄哄，
今朝纪念毛泽东。
圣树怎比北斗亮，
耶稣难遮太阳红。
全心全意为人民，
实事求是好作风。
吃水不忘挖井人，
人民领袖人民敬！

保供应[1]

2021年12月29日于陕西省西安市·曲江

防控升级出门难，
足不出户炊烟断。
欣闻曲江保供应，
送菜送到家里面。
守望相助战疫情，
家住曲江心里暖。
彻夜不眠为民生，
曲江精神百姓赞！

[1] 曲江新区实行抗疫生活物资免费配送。

庆元旦

2022年1月1日于陕西省西安市

聆听贺词庆元旦，
迈入二零二二年。
区域协定今生效，[1]
九州万里谱新篇。
华夏儿女多壮志，
团结合作天地宽。
抗疫宅家观天下，
笑送瘟神迎春天。

[1] 区域协定指《区域全面经济伙伴关系协定》（RCEP）今天生效实施。

雾霾

2022 年 1 月 6 日于陕西省西安市 · 曲江

不是云海和天宫，
雾霾笼罩西安城。
全民宅家车辆停，
大街小巷人空空。
餐饮商店关了门，
雾霾仍然很严重。
天灾人祸齐袭扰，
相互关爱才能赢。

古城重启

2022年1月15日于陕西省西安市·曲江

瘟神慢慢退了位，
古城重启添光辉。
振奋精神待从头，
剃须入世进社会。

玉兔东升

2022年1月16日于陕西省西安市·南湖

谁持彩笔当空舞，
华灯初上映南湖。
夕阳西下妆天际，
玉兔东升耀夜幕。

祈平安

2022年1月19日于陕西省西安市·曲江

中东再次起硝烟，
战火重燃波斯湾。
火山喷发引海啸，
油价飙涨至高点。
新冠肺炎在恣肆，
天灾人祸难防范。
人类社会不太平，
新的一年祈平安！

大雁塔

2022 年 1 月 21 日于陕西省西安市 · 曲江

雁塔悠悠矗西安，
庇护众生千百年。
新冠肺炎何所惧？
生生不息有苍天！

〰〰〰

雪夜

2022 年 1 月 22 日于陕西省西安市 · 曲江

推窗雪飘香，清风透心凉。
小区路灯寒，古城夜空亮。

无题

2022 年 1 月 23 日于陕西省西安市 · 曲江

灰色天穹压古城，
苍凉大地雾蒙蒙。
枯枝迎雪孕生机，
疫情肆虐近尾声。

~~~~~~

瑞雪

2022 年 1 月 23 日于陕西省西安市 · 曲江

瑞雪纷飞天地寒，
仙女散花落人间。
斗霜傲雪腊梅笑，
寒冬过后是春天。
~~~~~~

祭灶

2022年1月25日于陕西省西安市·曲江

农历腊月二十三，
灶神述职要上天。
供香敬送扫尘土，
家家祝福表心愿：
但愿上天言好事，
祈求下界保平安；
大年三十众神会，
准时迎接灶台见！

辞旧迎新

2022 年 1 月 27 日于陕西省西安市 · 曲江

雨雪纷飞降古城，
灯火阑珊犹梦境。
寅虎纳福迎新春，
丑牛甩尾送残冬！

长安依旧

2022 年 1 月 28 日于陕西省西安市 · 曲江

华灯初上不夜城，
九天阊阖大明宫。
瘟君不知何处去？
长安依旧笑春风。

春节团拜会[1]

2022年1月30日于陕西省西安市·曲江

喜庆祥和迎虎年，
九州乐奏庆团圆。
百年奋斗创辉煌，
团结一致开新篇。

万象更新

2022年1月31日于陕西省西安市·曲江

牛蹄渐去送疫情，
虎步奔腾开胜景。
春风浩荡展宏图，
阳光明媚照古城。

[1] 2022年1月30日上午中共中央、国务院召开春节团拜会。

大年初一

2022年2月1日于陕西省西安市·曲江

传统佳节中国红，
长安依旧闹花灯。
鲜衣炫城新人满，
靓驾耀路豪车盈。

〰〰〰

万米高空

2022年2月3日于飞海南途中

万米高空白云上，
远方天际泛霞光。
大地山川任驰骋，
天穹江海凭飞翔。

立春

2022年2月4日于海南省海口市

送牛迎虎到立春，
终而复始气象新。
东风送暖融坚冰，
蛰虫苏醒抖精神。

冬奥会

2022 年 2 月 4 日于海南省海口市

斗柄循环复寅位，[1][2]
立春恰逢冬奥会。
冰雪之约向未来，[3]
奥运精神闪光辉！

[1] 在北斗七星中，因第五至七颗星排列成弧状，形如“酒斗”之柄，故称为斗柄。

[2] 寅是孟春，指农历正月；寅位指东北方位。

[3] 北京冬奥会的口号是：“一起向未来”！

火山口

2022年2月5日于海南省海口市

风炉岭上观海口，
绿洲苍苍起蜃楼。
火山口里易变幻，
八千年前是丹炉。

〰〰〰

天外天

2022年2月5日于海南省海口市

白浪逐沙滩，一片海蓝蓝。
风起云涌处，还有天外天。

风和日丽

2022 年 2 月 7 日于海南省三亚市

风和日丽天蓝蓝，
碧海深处打鱼船。
形形色色南北客，
沐浴踏浪戏海滩。

日月湾（一）

2022年2月8日于海南省万宁市

星辰日月湾，山水似画卷。
沧海变桑田，天宫现人间。

日月湾（二）

2022年2月9日于海南省万宁市

依山面海日月湾，
风云变幻旦夕间。
四季如春无冬夏，
潮起潮落亿万年。

海门

2022年2月9日于海南省万宁市

碧海蓝天，黄金海岸。
风吹椰林，浪打沙滩。
冲浪胜地，优质港湾。
四季如画，流连忘返。
风调雨顺，国泰民安。
中国海门，启程扬帆！

山海天

2022年2月10日于海南省文昌市

日月山海天，美好新海南。
延年益寿地，居此胜神仙！

日月同辉

2022年2月11日于海南省文昌市

云淡风轻腾细浪，
天蓝海碧泛银光。
日月同辉难相随，
山川异域是两乡。

落日余晖

2022年2月11日于海南省文昌市

落日余晖染天边，
波涛阵阵逐沙滩。
脚踏磐石迎海风，
头顶皓月依山川。

亚龙湾

2022 年 2 月 13 日于海南省三亚市

情寄亚龙湾，又踩白沙滩。
清风拂椰林，碧海吻蓝天。
风情千万种，娇媚不生厌。
东方夏威夷，天域降人间。

鹿回头

2022 年 2 月 13 日于海南省三亚市

登临鹿回头，层林似锦绣。
山间枝隙处，海市现蜃楼。
远眺大东海，茫茫无尽头。
近览三亚湾，片片打鱼舟。
北国雪花飘，南海正春秋。
不为琐事扰，随遇无忧愁。

巧夺天工

2022 年 2 月 13 日于海南省三亚市

地做舞台天做幕，
衣袂飘飘仙女舞。
彩云追月现人间，
灯光阑珊似天府。

梅花

2022 年 2 月 21 日于陕西省安康市·宁陕县

梅花香溢满山坡，
香非在蕊非在萼。
百花还未盛开时，
迎风战寒傲霜雪。

惊蛰

2022年3月5日于陕西省西安市

惊蛰春雷动，大壮万物生。
九九桃花开，处处仓庚鸣。

龙抬头

2022年3月4日于陕西省西安市

二月初二龙抬头，[1]
仰望夜空观星宿。
自强不息天行健，
夕惕若厉则无咎。

千年雁塔

2022年3月6日于陕西省西安市

千年雁塔立画中，
因缘和合本是空。
任凭多少狼烟起，
嵬然保佑众苍生。

[1]“龙”指的是二十八宿中的东方苍龙七宿星象，每年仲春卯月（斗指正东）之初，“龙角星”就从东方地平线上升起，故称“龙抬头”。

上下五千年

2022年3月11日于陕西省西安市·曲江

天增岁月人增寿，
曲江池畔焕新柳。
古城疫情又重燃，[1]
俄乌争战几时休？[2]
渺渺苍穹无穷尽，
苍蝇岂能撼宇宙？
中华上下五千年，
文明从来未断流！

[1] 西安疫情卷土重来，3月5日确诊2例。
[2] 自2月24日以来，俄乌冲突成为全球关注的焦点。

无题

2022年3月12日于陕西省西安市·曲江

一夜新雨后，
花开满枝头。
不为惹人眼，
无愧春与秋。

沙尘暴

2022年3月14日于陕西省西安市

沙尘漫漫遮望眼，
雁塔秦岭均不现。
太阳躲进云层里，
羞对黄天不露面。

春雨

2022年3月16日于陕西省西安市

春雨贵如油，
喜降黄昏后。
荡尽沙尘暴，
涤出鹅黄柳。

曲江池畔

2022年3月19日于陕西省西安市·曲江

疫情动态不清零，
插翅难飞西安城。
莫叹远方有诗意，
人生处处皆风景。
曲江池畔春来早，
长廊卧波映华灯。
随遇而安心坦然，
悠闲自得沐东风。

壬寅春分

2022年3月20日于陕西省西安市·曲江

昼夜均等寒暑平，
雷天大壮阳隆盛。
草长莺飞燕归来，
乾坤朗朗万物生。

周易

——观《典籍里的中国》之《周易》有感

2022年3月22日于陕西省西安市

传统文化探源头，
唯有周易居榜首。
世历三古更三圣，
生生不息独幽幽。
百姓日用而不知，
历久弥新永相守。
敬天重地尊大道，
与时偕行揽宇宙。

惜春

2022 年 3 月 23 日于陕西省西安市

姹紫嫣红满院春，
莺歌燕舞成诗韵。
时光荏苒且珍惜，
岁月静好不饶人。

叹春

2022 年 3 月 24 日于陕西省西安市

东风吹开花千树，
花香招来蜂蝶舞。
稍纵即逝花落去，
满院春色留不住。

三秦大地

2022 年 3 月 27 日于陕西省咸阳市·泾阳县

麦苗青青油菜黄，
白云悠悠春风爽。
三秦大地百花开，
关中平原似画廊。

寒食节

2022 年 4 月 4 日于陕西省西安市

花繁叶茂因根深，
人才辈出缘家训。
寒食节里寄哀思，
遥望故乡独思亲！

壬寅清明

2022 年 4 月 5 日于陕西省西安市

壬寅清明疫情紧，
难回故乡寻根魂。
高堂敬上三炷香，
他乡游子念祖恩！

乐无忧

2022 年 4 月 9 日于陕西省西安市

新月恋翠柳，君在湖边走。
再想俗尘事，纯属寻忧愁！

渔家傲·乡思

2022年4月10日于陕西省西安市

曲江春来风光旎，
南湖夜色惹人迷。
一波未平一波起，
行程卡，
虽是绿码有标记。

好酒一杯老友聚，
唯恐古城再封闭。
离别新柳絮满地，
望故乡，
交通便利难回去！

核酸纸贴

2022 年 4 月 15 日于陕西省西安市

波波疫情袭古城，[1]
天天核酸惊晨梦。
小妃小将和小白，
波斯来客霍去病。[2]
贴纸粘满手机壳，
行程卡里码带星。
严防严控不松劲，
怎奈病例又新增。

[1] 4 月 14 日 0–24 时，新增报告西安市本土确诊病例 3 例、无症状感染者 4 例，出院 1 例。

[2] 西安市核酸检测贴纸包括：卫青、霍去病、波斯客、城小将、唐小妃，李小白，还包括大熊猫，朱鹮，金丝猴，羚牛称为秦岭四宝。

回家[1]

2022 年 4 月 16 日于陕西省西安市

出差半年返回家，
顺利出舱乐开花。
红旗飘飘迎英雄，
神州十三写神话。
在轨飞行创纪录，
太空行走揽华夏。
天宫课堂做实验，
科普教育讲文化。
飞船打开降落伞，
海母遨游蓝天下。
飞天揽月追梦人，
探索星空再出发。

[1] 北京时间 2022 年 4 月 16 日 9 时 56 分，神舟十三号载人飞船返回舱在东风着陆场成功着陆，神舟十三号载人飞行任务取得圆满成功。

槐花

2022年4月19日于陕西省西安市·曲江

忽闻槐花扑鼻香，
疑是儿时戏村庄。
叶落归根成梦境，
心安之处是吾乡。

壬寅谷雨

2022年4月20日于陕西省西安市·曲江

万物生长靠太阳，
雨生百谷禾苗壮。
太阳回归北半球，
诚信人类要效仿。
天不欺人人自欺，
遭天报应必灭亡。
尊天敬地为人善，
幸福生活万年长！

影相随

2022 年 4 月 21 日于陕西省西安市·沣峪口

比翼双飞彩云追，
朝夕相处影相随。
青山绿水入画来，
清风明月伴君归。

晨曦

2022 年 4 月 23 日于陕西省西安市

月挂高楼无意归，
晨曦微露日相随。
百鸟朝凤迎朝阳，
满院春色生光辉！

亮宝楼

2022年4月24日于陕西省西安市

亮宝楼里有宝藏，
金碧辉煌映曲江。
古城西安十三朝，
帝室之胄在何方？

论语

——观《典籍里的中国》之《论语》有感

2022年4月26日于陕西省西安市

弦歌不辍越千年，
中华文化有渊源。
做人处世立标准，
论语句句是经典。
天下为公寻大道，
世界大同成理念。
仁者爱人讲原则，
以德立身树标杆。
道理智慧融血脉，
儒家思想代代传。
孔子学院遍全球，
广为世人做贡献！

终南山

2022 年 4 月 28 日于陕西省商洛市·柞水县营盘镇

秦岭终南山，高耸入云端。
自古多隐士，长安后花园。
古道连秦楚，险要多天堑。
如今变通途，正修高铁站。
康养修身地，纳入都市圈。
乡村要振兴，文化大发展。

泾渭分明

2022年4月29日于陕西省西安市·高陵

渭河水浊泾河清，
清浊难融界线明。
同流化污奔大海，
何惧风起浪涛涌。

劳动美

2022年5月1日于陕西省西安市

五一家中搞卫生，
窗明几净沐春风。
一屋不扫扫天下，
陈蓄悔改方重生。
一勤天下无难事，
持之以恒定成功。
山河无恙劳动美，
齐心共筑中国梦！

相逢

——有感于西工大研究生同学聚会

2022 年 5 月 3 日于陕西省西安市

师生情谊浓，今日又相逢。
时光如飞梭，一晃十年整。
课堂共听讲，校园同追梦。
如今朱颜改，两鬓白发生。
人到世间来，吾材必有用。
切莫戏光阴，碌碌度一生。

五四杂想

2022年5月4日于陕西省西安市

我已不是青年，这话绝非戏言。
宠我爱我夸我，心中自知坦然。
知命更能想通，世界新旧替换。
何须墨守成规，代代英杰显现。
宝刀虽然未老，朱笋顶地立天。
甘做护花使者，人生少留遗憾！
闲暇享受生活，心静不欺不骗。
突感返璞归真，又回当初少年。
其实我还年轻，逍遥天上人间。
人生在于追梦，谱写华丽诗篇！

壬寅立夏

2022 年 5 月 5 日于陕西省西安市

春暮夏始闻蛙声，
枝繁叶茂听蝉鸣。
循环往复天行健，
生如夏花万物灵。

淮北

2022 年 5 月 9 日于安徽省淮北市

安徽徽菜好味道，
兼香美酒口子窖。
物华天宝能源地，
浑然天成濉溪绕。

武当山

2022年5月11日于湖北省十堰市·武当山

云海翻腾冲天柱，
金殿琼台仙道武。
道家圣地举无双，
皇室家庙古建筑。

壬寅小满

2022 年 5 月 21 日于陕西省西安市

人生小满不自满，
自强不息天行健。
谦虚谨慎才受益，
戒骄戒躁能胜天。

大兴善寺

2022年5月26日于陕西省西安市

祖庭隐于闹市间，
香火不辍千百年。
一方净土两世界，
是是非非皆云烟。
善男信女心虔诚，
彼岸花前许夙愿。
默念弥陀苦作舟，
功德池边心安然！

盛夏

2022 年 5 月 28 日于陕西省西安市

晴空蓝天白云，
绿地繁华似锦。
乾坤朗朗艳阳照，
正值盛夏来临！

曲江南湖流饮，
池畔吟诗抚琴。
风清气正心里亮，
一派祥和气氛！

抱龙峪

2022 年 5 月 29 日于陕西省西安市·长安区

抱龙峪里听龙吟，
云雾缭绕隐真身。
溪水潺潺蝴蝶舞，
野花艾草驱虫蚊。

壬寅端午

2022 年 6 月 3 日于陕西省西安市

楚域龙舟赛端阳，
千里北国麦穗黄。
遍插艾草驱蚊蝇，
华夏大地粽飘香。
屈子九歌叩天问，
卓绝一世辞逸响。
文人骚客叹今古，
几能洞穿汨罗殇？

中国空间站

——有感于神舟十四号载人飞船发射任务圆满成功

2022年6月5日于陕西省西安市

神舟十四升太空，
航天乘组又出征。
端午假期别家园，
华夏儿女来送行。
径向对接核心舱，
空间站里去逐梦。
在轨驻留不间断，
开发宇宙无止境！

乐无忧

2022年6月14日于海南省海口市

霞光万道映金牛，
万物生长竞自由。
跑步锻炼身体好，
心中有梦乐无忧。

椰子鸡

2022年6月13日于海南省文昌市·椰林湾

东郊椰树林，庇荫打鱼人。
瑞丰椰子鸡，味美胜山珍。

椰林

2022年6月14日于海南省文昌市

天赐甘露天赐村，
地现祥龙地留人。
巽上艮下风山渐，
祝吉亭前是椰林！

椰林湾

2022年6月14日于海南省文昌市·东郊镇

椰林湾里起风云，
想必惊动哪家神？
倾盆大雨从天降，
安然无恙清洁身！

灵隐寺

2022 年 6 月 18 日于浙江省杭州市

灵隐寺里有灵气，
千年古刹香客聚。
半醉半醒半称心，
人生怎能都如意？

西湖国宾馆

2022 年 6 月 18 日于浙江省杭州市

正值杭州六月天，
研习国宾礼学馆。
形逸不眷恋西子，
志闲心安顺自然。

古城新韵

2022 年 6 月 20 日于陕西省西安市

护城河畔起高楼，
古城新韵写春秋。
乾宫开门东南望，
蓝天白云水悠悠。

〰〰〰

无题

2022 年 6 月 24 日于陕西省西安市

曲江黄昏后，余晖映高楼。
南湖入画来，雁塔披锦绣。

傲对江湖

2022 年 6 月 26 日于陕西省西安市

笑看云起云舒，
尽享繁华绿柳。
酷暑炎热又散尽，
微醺酌杯小酒。

静听鸭唱鹅鸣，
独立曲江池头。
坎坎坷坷视坦途，
全然傲对江湖！

无题

2022 年 6 月 27 日于陕西省西安市

处处时时皆风景，
人人感悟各不同。
三万六千五百天，
天天都有好心情！

新耀

2022 年 6 月 30 日于陕西省铜川市·铜川新区

一方热土不外露，
玄而不玄倒流壶。
玲珑剔透传万世，
公道杯里写春秋。
六十四卦地山谦，
虚怀若谷隐山谷。
紫气东来映照金，
蓬勃发展世人瞩！

庆七一

2022年7月1日于陕西省西安市

为了信仰意志坚，
星星之火能燎原。
不贰道路伟人定，
千锤百炼出深山。
全心全意为人民，
党员超过九千万。
中华民族复兴梦，
下个百年定实现！

阆中滕王阁

2022年7月2日于四川省南充市·阆中市

滕王高枕玉台山，[1]
琅嬛福地不思还。
洪州都督阆中客，
滕王阁里享晚年。
天人合一太极地，
堪比南昌胜长安。
从此远离玄武门，
闲志神逸山水间。

[1] 滕王指李元婴（630—684年），唐高祖李渊第二十二子、唐太宗李世民之弟、唐高宗李治之叔，其母为柳宝林。滕王李元婴先后派驻滕州（今山东滕州）、洪州（今江西南昌）、隆州（今四川阆中），并在这三处筑有三处滕王阁。

天宫院[1]

2022年7月2日于四川省南充市·阆中市

九龙捧圣天宫院，
恰似群臣拜朝前。
龙凤呈祥山奇胜，
九曲太极水蜿蜒。
天罡麒麟奔太阳，
堪舆巨擘在此眠。
二龙捧珠供淳风，
觇星台上寄思念。
择地观天紧相随，
师友相望永相伴。
灵光奕世颂千秋，
浩宇星辉耀阆苑。

[1] 天宫院位于四川省阆中市南20里处的天宫乡，因阆中天文文化深厚，唐代天文学家袁天罡、李淳风晚年先后来阆中定居，在这里择地观天、著书立说，死后也葬于这里，天宫院正是为纪念他们而建。

嘉陵江

2022 年 7 月 2 日于四川省南充市

嘉陵江水向南流，
南充江面飞海鸥。
风平浪静虹桥连，
两岸对处起高楼。

我将忘我[1]

2022 年 7 月 6 日于陕西省西安市

在党工作三十年，
默默奉献无怨言。
感谢组织培养我，
我将忘我加油干！

[1] 光荣入党三十年纪念。

与时偕行

2022 年 7 月 7 日于陕西省西安市

疫情又来闹古城，
临时管控少出行。
小暑时节炎热至，
与时偕行度人生。

天人合一

2022 年 7 月 9 日于陕西省西安市

天气炎热太阳晒，
走出家门补补钙。
出汗排毒消百病，
天人合一避灾害。

度三伏

2022 年 7 月 16 日于陕西省西安市

雨打纱窗气温降，
刚入初伏天转凉。
怎度三伏四十日？
心安毋躁是良方。

曲江池水

2022 年 7 月 21 日于陕西省西安市

曲江池水平如镜，
廊桥船舫立画中。
弱风拂柳绿满地，
大唐神韵浑天成。

唐大慈恩寺

2022年7月22日于陕西省西安市·曲江春晓园

皇家寺院风骨现，
参天大树连成片。
曲径通幽养心地，
闹中取静享悠闲。

〰〰〰

问天

——有感于问天实验舱发射成功

2022年7月25日于陕西省西安市

神箭腾空耀碧海，
筑梦天宫探未来。
问天对接核心舱，
宇宙奥秘正揭开。

含光门

2022年7月26日于陕西省西安市

含光门外含光桥，
含光桥下碧水绕。
天天走在诗画里，
几多留意城墙高？

~~~~~~

司马迁

——观《典籍里的中国》有感

2022年7月27日于陕西省西安市

少小立志为天官，
壮游山河访民间。
横遭祸事获重生，
留得青史万世传。
~~~~~~

孔夫子

——观《典籍里的中国》之《论语》有感

2022年7月31日于陕西省西安市

我与夫子逾千年，
夫子宛若在眼前。
弟子三千弦歌唱，
七十二贤序列传。
万世师表讲仁义，
杏坛雨露润心田。
《论语》字字似珠玑，
化成天下文明现。

何所惧

2022 年 8 月 1 日于陕西省西安市

严阵以待庆八一，
亮剑妖婆佩洛西。
同仇敌忾铸军魂，
犯华必诛何所惧？

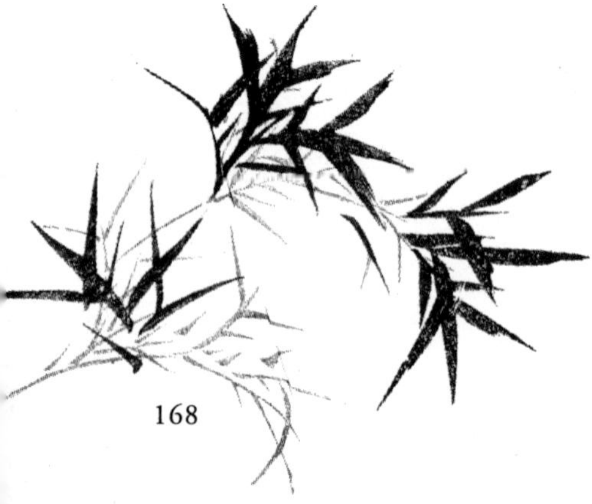

王阳明

——观《典籍里的中国》之《传习录》有感

2022年8月9日于陕西省西安市

知行合一致良知，
心即是理行之始。
贵州龙场忽悟道，
此心光明无缺失。
平定宁王朱宸濠，
仗义执言留青史。
吾性自足圣之道，
不假外求靠意志。

鸿雁

2022年8月13日于陕西省西安市

邀上好友为伴，
周末遁入深山。
满目青山绿水，
烦恼抛在一边。
世事难尽人意，
职业不再眷恋。
与其跟人纠结，
不如与花缱绻。
年年执着名利，
天天自寻麻烦。
一旦放下虚荣，
便是天空鸿雁。

立秋过后

2022年8月14日于陕西省西安市·曲江南湖

中午炎热早晚凉，
立秋过后落叶黄。
蜻蜓翩翩点水飞，
荷花婷婷莲蓬香。
四季往复有规律，
乾坤诚信立榜样。
日月金木水火土，
轰轰烈烈为我忙。

壬寅处暑

2022年8月23日于陕西省西安市

处暑一到凉风起，
炎热消退无留意。
疫情防控做核酸，
封山清峪防暴雨。
台海危机世界瞩，
和平统一靠实力。
天灾人祸身边事，
美好生活应珍惜！

壬寅出伏

2022 年 8 月 25 日于陕西省西安市

阴云密布降大雨，
高温酷暑终散去。
天不欺人讲诚信，
大地厚德遵节气。

~~~~~~

西安城墙

2022 年 8 月 26 日于陕西省西安市

城墙无语立秋风，
沧桑百年知厚重。
乌云压顶遮望眼，
日月依旧照征程。
~~~~~~

汉宫秋月

2022年8月27日于陕西省西安市

汉宫秋月月独明，
玉手拔筝诉心声。
奈何深情锁不住，
哪及渔樵逍遥行。

胜利日

2022年9月3日于陕西省西安市

日本投降举世欢，
中国人民永纪念。
倭寇暴虐肆华夏，
罄竹难书绝人寰。

中华儿女团结紧，
浴血奋战十四年。
抗战胜利实不易，
先烈鲜血染河山。

缅怀英烈爱和平，
强军固国保家园。
矢志不渝逐梦想，
时刻听从党召唤！

秋思

2022年9月5日于陕西省西安市・曲江

荷残芦苇黄，
云淡秋风凉。
月上阅江楼，
对酌思故乡。

芸芸众生

2022年9月6日于陕西省西安市・曲江

云淡荷黄秋意浓，
清风明月伴我行。
万家灯火万家客，
匆匆而过皆众生。

壬寅白露

2022 年 9 月 7 日于陕西省西安市

寒生露凝树叶黄，
阳消阴长天转凉。
神清气爽月高洁，
醉享满院桂花香。

静思悟道

2022 年 9 月 10 日于陕西省西安市

秋凉更感桂花香，
夜深才觉月光亮。
闲情逸致吟诗书，
静思悟道出华章。

大明宫

2022 年 9 月 10 日于陕西省西安市 · 大明宫

昔日大明宫，北宸紫微星。
九州皆臣服，万国来朝圣。
遗址今犹在，皇室无影踪。
风光无限好，庶民自由行。
伊丽莎白薨，[1] 查尔斯继承。
人民得江山，感谢毛泽东！

[1] 英国女王伊丽莎白二世于 2022 年 9 月 8 日去世。

追月

2022年9月11日于陕西省西安市·大雁塔

十五月亮十六圆，
清辉如银洒人间。
悲欢离合多少事，
大雁塔旁问苍天。

唐城墙

2022年9月12日于陕西省西安市·唐城墙

昔日唐城墙，如今似画廊。
诗人虽远去，诗文刻石上。
闲来信步走，留心细端详。
字字如珠玑，恍惚回盛唐。

夜未央

2022年9月13日于陕西省西安市·曲江

皎如飞镜临曲江，
阅江楼畔莲蓬香。
日月所照惠万众，
莫不砥属泽四方。

秋月

2022年9月16日于陕西省西安市

寒露降，秋月凉，静思往事一桩桩。
天转冷，草变黄，不闻蝉噪有何妨？

〰〰〰

勿忘国耻

2022年9月18日于陕西省西安市

警笛声声刺长空，
勿忘国耻当自省。
以史为鉴图自强，
中华民族必振兴。

勿幕门[1]

2022年9月20日于陕西省西安市

秋雨绵绵润古城，
勿幕门下忽冷清。
门里门外两重天，
一帘幽梦伴人生。

[1] 勿幕门：西安城墙的一座城门，又名小南门，位于南城墙含光门与朱雀门之间，是1939年为纪念辛亥革命中陕西革命先烈井勿幕先生开辟的城门。勿幕门为单门洞，门内为四府街，门外为红缨路。

壬寅秋分

2022年9月23日于陕西省西安市

昼夜均分寒暑平，
正是一年好光景。
金秋送爽同君享，
丹桂飘香与谁共？
不负光阴不负秋，
拍拍灰尘奔前程。
只生欢喜不生愁，
静观乾坤心不惊。

钟楼

2022年9月26日于陕西省西安市

钟楼入云天，风雨三百年。
豪杰代代起，日月永相伴。

〰〰〰

岁月如歌

2022年9月30日于陕西省西安市

匆幕门下天天过，
雨打风吹伴霜雪。
半生蹉跎半生梦，
半生岁月已成歌。

不离市

2022年10月2日于陕西省西安市

国庆假期不离市，
疫情防控是大事。
迎接党的二十大，
九州华夏逢盛世！

秋雨绵绵

2022年10月5日于陕西省西安市

秋雨绵绵下不停，
研习经史宅家中。
自在人生是独处，
内修于心心安宁。

文明西安

2022 年 10 月 13 日于陕西省西安市

文明西安有底蕴，
公交车上播诗文。
帝王将相十三朝，
人民至上是如今！

丹凤门

2022 年 10 月 16 日于陕西省西安市

丹霞辉映丹凤门，
大明宫殿化烟云。
帝王将相今何方？
荒冢一堆无人问。
悠悠千古多少事，
亦真亦幻成诗文。
天下为公是大道，
人民江山归人民。

喜迎二十大

——观党的二十大开幕会有感

2022年10月16日于陕西省西安市

喜迎二十大，欢歌遍华夏。
全面奔小康，成就世人夸。
又踏新征程，建设现代化。
制度做保障，人民能当家。
再铸新辉煌，治国必依法。
文化须自信，胸怀满天下。
祖国要统一，列强何惧怕？
发展靠和平，永远不称霸！

晚秋

2022年10月19日于陕西省西安市

波光粼粼湖水寒，
秋风吹柳枯荷残。
落叶满地百草折，
星辰寥落霜满天。

~~~~~~

凤凰池

2022年10月20日于陕西省西安市

凤凰池里无凤凰，
鹅鸭成群戏水上。
暂停堂食宾客少，[1]
别墅封门无酒香。

[1] 从2022年10月20日起，受疫情影响，西安市餐饮业暂停堂食。
~~~~~~

蓝图

2022 年 10 月 22 日于陕西省西安市

党的二十大，蓝图已擘画。
使命重于山，困难压不垮。
二零三五年，实现现代化。
下个一百年，复兴大中华。
实干能兴邦，空谈误国家。
创造新伟业，扬帆再出发。

壬寅霜降

2022 年 10 月 23 日于陕西省西安市

大地秋暮寒霜降，
天公调色绘浓妆。
赤橙黄绿青蓝紫，
最靓还是银杏黄。

赞盛会

——观新一届中央政治局常委见面会有感

2022年10月23日于陕西省西安市

党的盛会放光彩，
高举旗帜创未来。
依靠人民为人民，
中国走进新时代。
自我革命树常青，
无坚不摧敌惊骇。
凝聚力量建伟业，
意气风发多豪迈。
团结奋进谱华章，
担当作为奉献爱。
人类命运共同体，
和平发展做表率！

宝塔山

2022年10月28日于陕西省西安市

熠熠生辉宝塔山，
迎接常委来延安。
依靠人民得胜利，
革命圣地是摇篮。
自己动手搞生产，
丰衣足食渡难关。
转战陕北巧周旋，
歼灭敌军胡宗南。
全心全意为人民，
自我革命稳政权。
延安精神放光芒，
照耀我们永向前！

南湖居士

2022年10月29日于陕西省西安市

南湖居士恋南湖，
岸边垂柳似流苏。
四季年年湖畔走，
匆匆过客在旅途。

无题[1]

2022年10月29日于陕西省西安市

南湖居士恋南湖，
福地洞天居有福。
秦唐古韵灵气在，
风水绵延向寓庐。

[1] 小村野夫喜贺作者更名“南湖居士”。

奥体中心[1]

2022年10月30日于陕西省西安市·浐灞

奥林匹克体育馆，
坐落西安灞河边。
凤兮归来栖湿地，
新楼林立入云天。
交通便利两地铁，
连接机场北客站。
中欧班列旁边过，
丝路启航新起点。
一场两馆耀古城，
市民健身新乐园。
盛世之花重绽放，
周秦汉唐化云烟。

[1] 西安奥林匹克体育中心，简称西安奥体中心，位于陕西省西安市灞桥区全运路，由“一场两馆”及室外配套运动场地组成，总用地1089亩，净用地862亩，总建筑面积52万平方米。
西安奥林匹克体育中心于2017年10月9日开工建设，2021年9月15日，中华人民共和国第十四届运动会开幕式在西安奥体中心体育场举行。

赠书[1]

2022 年 11 月 5 日于陕西省西安市

高朋满座论古今，
席间句句值千金。
教授赠书实难得，
文化盛宴乐开心。

[1] 席后，参加宴会者每人获得西安交通大学哲学院韩鹏杰教授当场签名赠书《道德经说什么》。

壬寅立冬

2022 年 11 月 7 日于陕西省西安市

秋色还未细欣赏，
转眼枝疏树叶黄。
四季更迭皆风景，
时光荏苒莫惆怅！

〰〰〰

疫情又扰

2022 年 11 月 9 日于陕西省西安市

寒灯孤影游人少，
天灰地凉疫情扰。
阳消阴长历严冬，
自待花开丛中笑。

云尚山居

2022 年 11 月 12 日于陕西省西安市·翠华山

云尚山居空气新，
有缘常作秦岭人。
空谷写意闻鸟语，
草庐煮茗论古今。

信心

2022年11月20日于陕西省西安市

立了冬，
霜更浓，
古城四区又封控；[1]
寒风中，
排队等，
核酸检测系统崩；
问候声，
微信送，
天气转冷多保重；
严防控，
莫放松，
相信很快会清零。

[1] 为避免人员聚集流动，快速控制疫情蔓延势头，最快时间筛净阳性感染病例，自21日零时起经开、未央、浐灞、灞桥实行四区联动，社会面管控三天，所有小区实施封闭管理，学校停课，餐饮禁止堂食，关闭所有公共场所（除重点企业、党政机关外）。

壬寅小雪

2022 年 11 月 22 日于陕西省西安市

今日小雪不降雪，
唯见黄叶遍地落。
天蓝日暖招游人，
湖清水澈引仙鹤。

西风冷

2022 年 11 月 24 日于陕西省西安市

天寒地冻西风冷，
居家办公不流动。
一日三餐勤动手，
禁止堂食控疫情。

再品红楼

2022年11月26日于陕西省西安市

本是一石头，补天被遗漏。
误入人世间，炎凉体验透。
可怜作者痴，辛酸纸上留。
生平快意事，尽情品红楼。

气温骤降

2022 年 11 月 29 日于陕西省西安市

天似一幅水墨画，
古城上空飘雪花。
气温骤降大地寒，
黄叶落尽见枝丫。

〰〰

筑梦空间站[1]

2022 年 11 月 29 日于陕西省西安市

神舟十五伴月行，
三舱三船将成型。
空间站里大会师，
飞天永远在征程。

[1] 神舟十五号载人飞船于 2022 年 11 月 29 日 23 时 08 分低温发射。

天上宫阙[1]

2022年12月5日于海南省海口市

神州十四航天员，
完成任务回地面。
天上宫阙梦成真，
星河从此更灿烂！

[1] 北京时间12月4日21时01分，神舟十四号航天员陈冬、刘洋、蔡旭哲全部安全返回、健康出舱，正在进行重力再适应。

自由岛上

2022年12月6日于海南省海口市

排浪逐海岸，

涛声震天。

暖风吹椰树，

纤玉拂面。

自由岛上享自由，

北国已远！

碧海

2022 年 12 月 7 日于海南省海口市・白沙滩

碧海连云天，
白浪吻沙滩。
北国大雪至，
海岛冬日暖。

送瘟神[1]

2022 年 12 月 8 日于海南省海口市

瘟神肆虐整三年，
封控隔离做核酸。
各地解开紧箍咒，
拨开乌云现晴天。

[1] 自 2022 年 12 月 8 日以来，我国逐渐放开疫情管控。

南渡江

2022年12月8日于海南省海口市

漫步南渡江畔，
半醉半醒半仙。
尽遇他乡之客，
萍水相逢结缘。
广交天下朋友，
处处不感孤单。
纵然人生苦短，
时时与人为善。

万绿园

2022 年 12 月 9 日于海南省海口市

波光粼粼霞满天，
余晖尽染万绿园。
和风荡漾腾细浪，
华灯初上展画卷。

散人[1]

2022 年 12 月 10 日于海南省海口市

阳光沙滩椰子林，
蓝天白云建筑群。
碧海汭地胜仙境，
信马由缰一散人。

[1] 散人指那些平庸无用的人或不为世用的人，也指闲散自在的人。

山里

2022年12月11日于海南省昌江黎族自治县

昨日观大海，今天山里来。
奇花异果多，清风洗尘埃。

橘阳

2022年12月12日于海南省海口市·澄迈县

橘阳谢天幕，群鸟舞山林。
袅袅炊烟起，微醺夜归人。

火山口

2022 年 12 月 13 日于海南省海口市 · 火山口地质公园

登临火山顶，仙风伴我行。
遥看风云起，坐闻天鸡鸣。

〰〰〰

破浪行

2022 年 12 月 15 日于琼州海峡

碧海连天云翻腾，
我乘航船破浪行。
海峡岂能断地脉，
传统文化靠传承。

观海听涛

2022 年 12 月 28 日于广东省湛江市・鼎龙湾

涛浪声声震天吼，
大海航行靠舵手。
乾坤朗朗九运来，
鼎龙湾里竞风流。

启程

2022 年 12 月 18 日于广东省湛江市

吾身现居鼎龙湾，
虾兵蟹将盘中餐。
足坛决战在今晚，
决定起身返西安。
我本足球门外汉，
只盼国足来夺冠。
想必有我来助阵，
一脚踢到波斯湾。

壬寅冬至

2022年12月22日于陕西省西安市

上坤下震又轮回，
七日来复无祇悔。[1]
万象阴霾疫情起，
奈何花开春来归？

[1] 无祇悔，冬至节气对应复卦的初九爻：不远复，无祇悔，意思是迷路不要走得太远才回头，就不会造成大的后悔。做事情要及时总结经验教训，及时调整自己的行动，否则就会造成大的失误，后悔莫及。

清平乐·咏雪

2022年12月25日于西安

雪花狂舞，
任凭北风吹。
伫立窗台叹苍茫，
静观天公发威。
阴霾阻断东西，
疫情肆虐南北。
上苍亲临消杀，
来把瘟神擒回。

阳康 [1]

2022 年 12 月 29 日于陕西省西安市

阳康如冬柳，
叶落根未朽。
三九严寒后，
婀娜冠春秋。

[1] 新冠肺炎感染者康复后简称“阳康”。

辞旧迎新

2022年12月31日于陕西省西安市

鞭炮齐鸣辞旧岁，
钟声奏响迎元旦。
踔厉奋发沐春风，
笃行不怠谱新篇。

散文篇

寒门出骄子

看到侄女在朋友圈发的这张照片我心里很难过，这就是她在法国读博三年的宿舍，窄窄的一张床，房间应该很小。她竟在这样的环境中苦读了三年。

她是西工大的交换生，本科三年就去法国读研。走的时候，为了给家里省钱，她把菜刀和切菜的案板等都托运了过去，这是我印象最深的。她读研时可能更苦，但她的成绩是骄人的，曾受到前全国人大常委会委员长张德江的亲切接见。

疫情防控期间，全家都挂念她，每次视频是全家最开心的时候，她已经几年没有回国了。

前段时间，她告诉家里，她已被瑞士洛桑联邦工学院录取为博士后，真为我的侄女感到骄傲，也为我们国家有这些努力拼搏的九零后们感到自豪！瑞士洛桑联邦工学院是世界一流的大学，这里集萃着世界上一流的人才。我们家出了位这么顶尖级的人才是全家人的荣光！

刚才，给侄女通了电话，她正在法国开往瑞士的列车上，正向她希望和梦想之地进发，愿她幸福健康！

2021 年 2 月 28 日于陕西省西安市

桥山

桥山，即桥陵，是唐睿宗李旦的陵寝。李旦是高宗李治和女皇武则天的第四个儿子，唐玄宗李隆基的父亲。

李旦崩于开元四年（716年），正值“开元盛世”。据记载，玄宗李隆基不惜花费唐王朝财库三分之一的银两，以空前规格为睿宗营造陵园，以感激父亲让位之恩。

桥陵坐北朝南，依山而建，凿石造墓，绕山筑陵，三山九峰一平台。当地人因丰山展翅欲飞的天然态势，称其为凤凰山，山势巍峨，峰峦起伏。转身面南，平原辽阔，蓝天白云下，秦岭诸峰如墨似画。南北山峦遥相呼应，中间是关中沃野。

南门神道两侧的石刻群气势磅礴，高大雄伟，气度非凡，是盛唐石刻的代表，不愧“桥陵石刻甲天下”的美誉。38尊石刻排列在宽110米，长625米的朱雀门外。神道两旁，由南向北依次为：华表、獬豸（独角兽）、鸵鸟、石马、翁仲（石人）、石刻，虽历经千年风蚀雨侵，但基本保留完整。

南门两侧有阙城遗迹，阙台为“三出”结构，以石料为基，上部砌砖，夯筑生土。阙台外沿如曲尺状依次有三个递进，这是陵阙中等级最高的建筑形式。现在虽只有基础部分残存，但仍能显示出大唐盛世高超的建筑艺术。

朱雀门外，一对石狮蹲踞石台，露齿张目，肌肤丰满，挺胸昂首，造型雄伟，镌刻细腻，保存完好。因为脚下没有踩绣球和小狮子，不知如何分辨雌雄？便请教导游。她解释可以从狮子的毛发上分辨出来：卷毛的为雄狮，顺毛的为雌狮。问她这样分辨的缘由，她也解释不出。我想可能是因为唐朝是个开明的朝代，注重男女平等，女子的地位在当时很高，不像后来的封建王朝女子地位低下，男尊女卑，男主外女主内。从这对石狮子身上，不正反映出唐朝开放包容、尊重女性的博大胸襟吗？何况武则天本人就是一代女皇。

最是无情帝王家。唐朝盛世的背后，不知隐匿了多少鲜为人知的兄弟成仇、父子反目、骨肉相残的恩怨历史。为了至高无上的权利之争，政变夺位，杀子弑父……

李旦两次登基，二让天下，虽无建树，但他尊孔崇儒，谦恭好学，审时度势，选立有武功的三子李隆基为太子，并适时禅位，退居百福殿，成为太上皇，防止了宫廷政变，奠定了“开元盛世”的基础，不失为一代明君。

沿着内城神道，来到清碑，在此仰观丰山，尤为壮观。这应该是中国历史上最为恢宏的帝王陵之一吧，真正彰显了盛唐的辉煌！

桥山位于蒲城县西北15公里处，历经千年，在“文革”中居然还能保存下来，不能不佩服蒲城人民尊重历史、瞻护古迹的情怀，也真正感受到了蒲城人的大气所在。

大气蒲城，名望所归！

2021年9月20日于陕西省渭南市蒲城县桥陵

建党百年话《火种》

在省委党史学习教育巡回指导工作之余，读了作家刘统写的《火种》，仿佛使我置身于20世纪前期那个风云激荡的年代。

中国共产党的成立不是一蹴而就的，而是历史和人民的必然选择。自1840年鸦片战争以来，西方列强用坚船利炮打开了中国的大门，辛丑条约、庚子赔款，把中国推进了灾难的深渊。随之而起的愤青、刺客与暗杀以卵击石，徐锡麟、秋瑾等革命党人一腔热血，用牺牲唤起更多的同仁前仆后继。孙中山领导的辛亥革命推翻了封建王朝，给人民带来了一丝新气象，然而共和梦碎，资产阶级革命者的软弱、涣散和内斗，注定了他们无法建立起一个坚强的政党，无力撑起共和国的大厦，政权又落到军阀手里。共和之路向何处去？先进的知识分子传播新文化、寻找新思想，五四运动唤起了全民族的爱国热情。峥嵘岁月，一群革命青年脱颖而出，他们接受了马克思主义，坚定革命信仰，在共产国际的帮助下，建立了共产党。1921 年 7 月在上海召开第一次全国代表大会，嘉兴南湖一大闭幕，这是中国开天辟地的大事。

中国共产党的成长，也是一个由幼稚到成熟的过程。领导工人和农民运动，国共合作，大革命的洪流与暗涌，白色恐怖，徘徊与抗争，中国共产党的早期领导人大多是书生，不懂得怎样应对。南昌起义、秋收起义、广州起义……挫折、失败与抗争，毛泽东从井冈山转战到赣南闽西，再到古田会议，为中国革命寻找到一条正确道路。

中国共产党不是凭空产生的，这是一个寻路的过程。作者这样写历史，让人读了觉得真实可信。近代史的资料浩如烟海，作者用独特的观察力，处在当时的历史之中，还原了当年场景，写的简明平实，大量翔实的历史资料让人耳目一新。

让躺在书本中的文史资料和人物鲜活起来，应该是本文作者的立足点和出发点。20 世纪初期的历史之所以生动，就是因为当年的人物极具个性。任何人物，无论伟大还是渺小，无论革命还是反动，都不应该是单方面的，他们的经历和思想都是在不断变化的，是立体的，有优点也有缺点。陈独秀就是一个优点和缺点都十分突出的人物，共产党由他创立，也因为他遭受重大挫折；蔡元培在许多人笔下是民主之神，但他在 1927 年支持在国民党内部“清共”；汪精卫早年投身革命，曾谋刺摄政王，后来投靠日本，在南京成立伪国民政府，沦为汉奸。

看人看问题真实全面，再现他们的一举一动，还原他们的真性情、真面貌是本书的宗旨。

读了本书，印象深刻的不能不说张申府这个历史人物。1918 年，他与陈独秀、李大钊联手创办《每周评论》，几次担任北大图书馆馆长。1918 年，毛泽东由伦理系的杨昌济老师介绍担任登记室工友，在张申府领导下工作。他是中国共产党最早的党员活动家之一，张国焘由他介绍进入北京共产主义小组，他也是周恩来的入党介绍人，后又与周恩来一起介绍朱德入党。国共第一次合作期间，张申府担任黄埔军校政治部副主任，他也是“一二・九运动”的重要组织者和领导者，后因政见问题脱党。1957 年，张申府被打为右派分子，1979 年平反，曾任第五、六届全国政协常委员，1986 年辞世。

书中那些那些为中华民族复兴奋斗过、牺牲了的爱国者和革命者，他们凭着满腔热情、血气方刚，怀着一种崇高的理想和信念，义无反顾地献出了宝贵的生命，青史留名，永垂不朽！

2021 年 10 月 5 日于陕西省西安市

《无声告白》

你想了解华裔群体在美国所处的社会地位吗？那么请你读一读欧美文坛华裔作家伍绮诗（Celeste.Ng）写的小说《无声告白》。作者在美国宾夕法尼亚洲和俄亥俄州长大，属香港第二代移民，毕业于哈佛大学英文系，后考取密歇根大学的研究生，对美国社会背景下跨种族家庭的状况更具有发言权。

本书开篇就写到女儿莉迪亚之死。莉迪亚之死是因为父母对她期望过高，"他们的关心像雪一样不断飘落在她的身上，最终把她压垮"，就如同封面上的一行文字："我们终此一生，就是要摆脱他人的期待，找到真正的自己"。那么，在这个病态的家庭中，各成员之间产生矛盾的深层次原因何在呢？

《无声告白》中，莉迪亚的父母詹姆斯·李是出生在美国的华人，但一直极力隐藏自己的华裔身份，想通过自己的努力融入美国主流社会。他跟随父母偷渡来到美国，从小就面临着班级里所有人的特别注视：黑眼睛，黑头发，小个子，皮肤黑瘦，那么的“与众不同”。“承受了别人不加掩饰的打量，他们似乎把他当成了动物园里面的动物，他听够了路人的窃窃私语——中国佬，滚回家”。尽管他成绩优异，但他始终无法真正融入美国社会的生活中，他的努力总是徒劳，因为在这片土地上，他永远都是外人。

他从来不谈论父母卑微的工作，为了摆脱中国人的身份，他拒绝吃叉烧包。他能说一口流利的毫无口音的英语，在衣着上、谈吐方式上尽可能模仿白人，可以清楚地看出他刻在骨子里的自卑，家庭和出身是他产生这种心理的根源。他的这种心理也正是美国少数裔族自卑心理的体现。

莉迪亚的母亲玛丽琳一直追求“不同”：生活与自我的标新立异。与詹姆斯·李结婚后，整天为丈夫和孩子烹饪，慢慢地厌倦了这种生活。她的梦想就是当医生，希望自己出类拔萃，做别人都在做的事。她愤怒于母亲一生的渺小，发誓决不能像她那样。母亲孤独终老后，她继承了母亲的全部存款，卖掉母亲的房子，在托莱多城郊的社会大学附近租了一套带家具的小公寓，悄然离家，重新开始了申读医学院的学习计划，又回到了本科时代。在她还有八个学分就能完成学位的时候，由于怀上了汉娜，不得不中断学业，重返家庭。可以说为了孩子，她放弃了一切，“将梦想夹在薰衣草间小心埋藏”。后来她把自己没能实现的愿望寄托在女儿莉迪亚身上。

莉迪亚的哥哥内斯，“他是唯一理解他们家那种奇怪而脆弱的平衡的人”。他总是护着她，她怕失去内斯。然而父母及他们的生活逼得他太紧，他只想抽身脱逃。内斯考入哈佛后，从没给她打过电话，他变成了另一个人，对内斯燃起的怒火开始在她心里缓缓蔓延。

还有莉迪亚的妹妹汉娜，还有“至少我不会一直让别人告诉我该做什么的”杰克，还有父亲詹姆斯·李的助教路易莎……

“来自混血家庭背景的孩子，通常难以找到自己的定位”。詹姆斯·李为了改变自身“与众不同”的境遇，把期望寄托在心爱的女儿身上，不断给她施加期待：教她如何交友，如何沟通，希望她能融入美国的主流社会。虽然莉迪亚生长在美国，并继承了妈妈的蓝眼睛，但她在白人眼里，永远是外来者，和她爸爸年轻时的遭遇一样，没有真正的朋友，永远无法真正融入美国社会的主流文化。一位父亲做不到的事，几代人做不到的事，莉迪亚又怎么能做得到呢？这是美国社会背景下跨种族家庭的必然结果。

母亲玛丽亚曾经的离家出走，使莉迪亚一直生活在恐惧之中，“她害怕有一天母亲再次消失，她父亲会因此崩溃，全家再次瓦解”。她意识到幸福的脆弱，她希望父母开心，母亲所有的心愿都变成了她的承诺，然而继承父母的梦想又是那么的艰难：这种被爱令人窒息，最终压得她喘不过气来，只好终结了自己短暂的一生。这不能不说是一场悲剧：一位美丽少女的悲剧，一个家庭的悲剧，一场跨种族裔群的悲剧……

《无声告白》这本书不仅故事编排得精妙细致，而且文笔内敛沉稳，更重要的是有深层次的背景和内涵。

疫情防控，宅居家中，静下心来读完了这本书，从一位华裔作家笔下了解了生活在美国的一部分华人的生活状况和心态，收获颇丰，也算是没有虚度时光。

2021 年 12 月 31 日于陕西省西安市 · 曲江

读《巴黎圣母院》所感

爱丝梅拉达是一个性格活泼、热情似火的吉卜赛女郎，生性善良的她赢得了许多人的赞美和喜爱。巴黎圣母院的神父克洛德觊觎她的美貌已久，终于按捺不住派出样貌丑陋的撞钟人卡西莫多，准备将爱丝梅拉达掠抢至巴黎圣母院，谁知道半路上杀出了英俊潇洒的上尉菲比斯，后者对爱丝梅拉达一见倾心。两人约会时，菲比斯遭到了蒙面歹徒的袭击，而爱丝梅拉达居然成了罪魁祸首。爱丝梅拉达被判处绞刑，在行刑前，卡西莫多救出了身陷囹圄的爱丝梅拉达，将她藏到巴黎圣母院中避难。起初，爱丝梅拉达对卡西莫多充满了戒备，随着时间的推移，她渐渐认识到：在卡西莫多丑陋的外表下，有颗金子般的心。后由于神父克洛德的告密，最终爱丝梅拉达还是被送上了绞刑架。

阅读着《巴黎圣母院》这部巨著，感觉到书中的人物和情节似曾相识，封存几十年的记忆被打开。二十世纪八十年代，老家农村生活物资贫瘠，文学读物也少，那时还没有手机，村里电视机也很少。记得我用父母给的零花钱买了部随身携带的收音机，给我的精神生活带来了很多欢乐，也让村里的其他几个伙伴羡慕不已。依稀记得有个电台每天晚上同一时间都在连播小说《巴黎圣母院》，当时我被播音员优美圆润的声音和书中的故事、人物所吸引，每天晚上睡觉前都在被窝里认真收听品赏，以至于现在回忆起来还有丝丝缕缕的印象。

疫情防控期间，宅在家里，在寂静的夜晚仔细地品读这部佳作，时不时地还能回忆起几十年前的生活情景。没有想到此生还能有闲暇时间与这本书再次结缘，帮我打发在家的无聊时光，更让我的精神生活享受到了一场丰富的文化盛餐！

这是一部关于厄运和死刑的小说，也是了解中世纪法国的一部百科全书，更是世界最浪漫的文学作品之一。小说从纵向剖析了法国社会，从最高层到最低层，都有作家塑造的“杰出”代表人物。

1. 以国王路易十一为代表的统治者的形象。节俭是他笼络人心的方式，镇压是他安神定魂的手段。为了减少宫廷的开支，他像小商贩一样斤斤计较，却不惜重金打造全新的牢笼，用来囚禁自己的敌人，生动地揭示了当权者的冷酷、残暴、蛮横和虚伪的丑恶嘴脸，同时也暴露了他害怕平民反抗的恐慌心理。

2. 以贺德洛里耶夫人和女儿百合花为代表的贵族阶层。她们举手投足端庄高雅、衣食住行雍容华贵，但骨子里尖酸刻薄、不可一世，而又势力利己、妒贤嫉能。

3. 以神父克洛德为代表的宗教人物。作者用冷静、尖锐的文笔描写了他们扭曲的人性和可笑可憎的情欲，他们的狂热、残忍、伪善和空虚以及对信仰的动摇。

4. 以菲比斯为代表的法国军人形象。他出身贵族，拈花惹草，放荡不羁，而又冷漠无情。他用花言巧语骗取了爱丝梅拉达的爱情，又用同样的手段骗取了百合花的婚姻。

自私、残忍而又愚蠢是小说中上流社会的共同特性，从巴黎总督、法庭预审官到过路的修女，还有神父克洛德的弟弟、逃学泡酒馆的若让。

越是下层人物，在作者笔下越能焕发出人性的复杂性。

1. 自我感觉良好而又没有真才实学的蹩脚诗人、哲学家格兰古瓦。他是社会的小人物，是整个事件的目击者和见证人，他随遇而安，苟且偷生，见死不救，不论什么情况都能自我安慰和满足。

2. 以克洛潘·图耶福为代表的乞丐和流浪汉们。他们无家可归，被社会排斥。为了生存，他们晚上组织了自己的王国。他们以营救爱丝梅拉达为名，攻打巴黎圣母院，实则是为了洗劫巴黎主教堂纯金银的宗教器皿，准备发一笔横财。

3. 隐修女古杜尔是一个疯癫、残忍而又充满偏见的可悯女人，却没想到整天诅咒的爱丝梅拉达竟是自己十五年来日夜思念的女儿，更具讽刺性的是：女儿找到了，却被送上绞刑架。

4。波希米亚少女爱丝梅拉达和敲钟人卡西莫多，他们被世人嘲讽诅咒，被社会愚弄唾弃。虽然他们的生活一片黑暗，但他们纯真和感恩的美德给当时黑暗的社会带来一丝光明和希望。爱丝梅拉达是那个时代的人们对自由、善良、青春和爱情向往的人物形象，她给中世纪巴黎沉闷的空气带来了新鲜的感觉，她的出现搅动了当时法国社会的各个阶层。但她也因自己的善良纯真只能看到表面现象，看不清本质，而成为那个时候的殉道者。

《巴黎圣母院》是一部人间悲剧，是美丽被丑恶陷害，纯洁被污浊毁灭，但最终光明刺破黑暗的过程。“白天是属于所有的人的，为什么只给我黑暗？”维克多·雨果作为世界级文坛巨匠，他的作家生活是光辉灿烂的，而他的个人生活充满了戏剧性：浪漫、痛苦和感伤。作家雨果没有变得孤独消极、颓废沉沦，而是思想更加敏锐，他为弱者奔走，为正义、平等和自由而战，用血和泪写出了这部惊世之作。

八国联军攻打北京，火烧圆明园，英法社会一片漠然，只有雨果发出愤怒和正义的呐喊。当时作为寄居英国的法国作家，公开控诉英法政府和军队在中国犯下的滔天罪行，这是何等的清醒？这又需要多么大的勇气！“就民族而言我是巴黎人，就言论而言我是自由人”，他用文字塑造了无数人的良知和爱心。

维克多·雨果是法国的，更是世界的！

2022 年 1 月 20 日于陕西省西安市·曲江

考究阆中

一、引子

西安市长安区有个少陵源，传说汉宣帝登基时，此地有凤凰来仪，又称“凤栖塬”。宣帝发妻许皇后死后葬于此，因陵墓较宣帝杜陵小，故又称“少陵塬”。

杜公祠位于少陵塬畔。诗人杜甫在此居住十余年，因远祖杜预是长安人，所以自称“少陵布衣”“少陵野老”“杜少陵”等，诗集也以《少陵集》命名。

塬上，有唐代风水大师袁天罡、李淳风之墓。去年冬春之际我曾登临过，萧萧寒风中墓冢孤然矗立、荒草掩映，一幅衰败景象。现在全国许多地方都传有两位风水大师的墓地，其中尤以四川阆中传说为盛。

站在塬上，北望长安，南眺秦岭。这里地势高亢，视野开阔，秦岭山脉像一条巨龙盘亘在沃野之上、苍天之中。由衷地感慨两位风水大师独到的眼光，至于阆中，远离都城长安，秦岭阻隔，他们晚年怎么会去阆中呢？出于好奇我还是想去门阆中一趟，探个究竟，以便消去心里的疑惑。

二、去阆中

从西安北客站坐高铁去阆中只有三个多小时的路程。下午四点多出发，一个多小时就到汉中，继续前行，途经宁强县、广元市。一路上，列车几乎都是在隧道里穿行。古时人们来一趟都城，翻山越岭，会是多么的艰难！难怪李太白感叹：“噫吁嚱，危乎高哉！蜀道之难，难于上青天。”

晚上七点多钟到达阆中车站，天色已晚，街道游人稀少，阆中古城冷冷清清。在一家餐馆点了一份红烧嘉陵江野生鱼，味道不错，外加两盘小菜，二两劲酒，疲惫顿消。

饭后，选了一家靠江边的酒店入住。酒店环境不错，窗外华灯初上，古城夜色阑珊。这里气候宜人，清风徐来，不知不觉进入了梦乡。

三、白塔

早上醒来，临窗远眺，外面云雾缥缈。阆中古城，江水环抱，玉带缠腰。

早餐后，驱车来到大佛寺，山上白塔为古城风水塔。塔内有九十一阶螺旋梯，四面开窗。塔高 27.5 米，登上塔顶，阆中全貌尽收眼底。嘉陵江呈“水形太极，山循北斗”的独特格局。整个阆中恰似一幅阴阳平衡的太极图，白塔更是点睛之笔，与古城里的中天楼相对而建，形成太极图中的黑白两点，完整无缺。

四、滕王阁

我曾登临过江西南昌的滕王阁，为滕王李元婴任洪州都督时所建。李元婴是唐高祖李渊之子，太宗李世民之弟，高宗李治之叔。“唐初四杰”之一的诗人王勃失意之时路过洪州（今江西南昌），恰逢滕王宴请宾客，王勃也在邀请之列。不谙世事的王勃触景生情，有感而发，一气呵成，写下了旷世之作《滕王阁赋》，千古流传。我深为滕王李元婴敬贤礼士、豁达仁爱的宽阔胸襟所折服。阆中的滕王阁是否也为滕王李元婴所建？

滕王阁流光溢彩，典雅壮观，气势磅礴。阁台下壁刻有诗人杜甫写的《滕王亭子二首》。诗圣曾两次游历阆中，多次登临滕王阁赋诗抒怀。山上空气清新，沁人心脾，树丛中百鸟朝凤，清脆悠扬，清如玉带的嘉陵江从天际、远山间缓缓而来，宛若清纯少女，肩披纱巾，迈着轻盈的碎步悄然而至。透过树丛间的缝隙，山下的阆中古城隐约可见。确有“人到于今歌出牧，来游此地不知还”的感触，只可惜我难以超凡脱俗，还纠缠于世俗的杂思纷争之中而不能自拔。悲哉！

此阁果然为滕王李元婴所建。经文献资料记载，公元662年，此处的滕王阁是他任隆州（今阆中）刺史时，按照皇家的规格修建。李元婴从小受宫廷建筑艺术的熏陶，在音乐、舞蹈、绘画等方面都有很深的造诣，应该说其艺术修养为日后修建滕王阁打下了坚实的基础。这恰好是袁天罡来阆中之时，袁天罡对于古城风水格局的形成起了至关重要的作用。

唐玄武门事变，为了争夺皇位，兄弟们之间互相残杀，使滕王李元婴在心灵深处留下了挥之不去的阴影。他也许厌倦了宫廷内部的虚世浮华，远离争斗，寄情于天地日月、山水林湖之间。像他这样遇事宠辱不惊，广交五州宾客，修建几座舞榭歌台，把酒当歌，吟诗作赋，逍遥人生，岂不精彩?

五、阆中古城

阆中古城是一座名副其实的“风水古城”，按唐代“龙、砂、水、穴”风水理论选址，建造理念包含了丰厚的中华传统文化底蕴。西北玉台山上的滕王阁处为嘉陵江的入水口，为“天门”，经过南津关后，在东南“砂山”白塔山和大像山的护送下，向北流去，完成水绕三面的胜景，白塔山下就是出水口的位置，称为“地户”。用“三面江水绕城郭，四周山势锁烟霞”来描写阆中再恰当不过。

古城的中天楼，位于“来龙”蟠龙山的结脉处，为“正穴”，是古城的中心。四根立柱将三层翘角的中天楼擎天耸立，上实下空，四条街道在楼下交汇。二楼东南西北四方挂有四幅牌匾，分别写着：如日中天、化成天下、厚德载物和上善若水。登斯楼也，中间位置立有一《易经》鼻祖伏羲手持罗盘的雕像，仰望楼顶，可以看到有先天八卦图。中天楼内外无处不体现着中华传统文化《易经》的思想理念。

古城青石铺路，店铺林立！从中天楼往北不远处便是阆中文庙。庙里主祀孔子，旁有颜回、孔伋、曾参和孟轲四位先贤，奉祀配享。文庙奉祀的第三等为十二先贤，配祀于大成殿内，东西两端各六位。塑像冕旒衮服，身执躬圭。

整座文庙红墙黄顶，一派皇家建筑。可见阆中人民是多么地崇圣尚文。

六、锦屏山

锦屏山以其“案山”的地势与古城形成绝妙的对景。山上建有亭台楼阁，是观赏阆中古城圣景的绝佳位置。

经过瞰碧亭，就来到“杜少陵祠”。看来，哪里有风水大师的足迹,哪里就有“诗圣”的足迹,真可谓英雄所见略同！杜甫在阆中写下七十多篇诗作，使阆中成为他一生留诗最多的地方。杜甫在公元 763 年第一次来阆中，是为好友房琯奔丧，第二年春天应滕王之邀，杜甫第二次来阆中，一住就是三个多月，他应该是见过袁天罡的，其间他参与了清明前后十日祭祖先祭亡友的扫墓活动，因此感慨万端，写下了著名的《阆水歌》，其中最后两句“阆中胜事可肠断，阆州城南天下稀”成为阆中家喻户晓、流芳千古的佳句。

锦屏山最高处是八仙洞。由于时间和天气原因，没能登临，确实遗憾！

七、天宫院

天宫院位于阆中市南十公里处的天宫乡，属国家 5A 级风水文化景区，也是我第一次看到的以风水命名的文化景区。我很佩服阆中人民把中国的传统文化传承得如此完美，听说阆中也是中华民族传统节日“春节”的发祥地。由衷地佩服阆中政府敢于担当的民族气概！

天宫乡应该是以天宫院来命名的。这里的地形像一顶皇冠，有九条山脉朝向这里，呈“九龙捧圣”之状。天宫院里有万年台、牛玉亭、正殿和观音殿等建筑，建于唐代，明天顺三年（1459年）重建，清雍正四年书“光澄慧锦”匾额。殿内有著名的术士袁天罡、李淳风的介绍，正本清源，使两位风水大师走下神坛。

袁天罡出生于四川成都，应太宗之邀来到长安，拜李淳风之父李播和孙思邈为师，学习数术、相术和医术，成为唐代著名的天文历算学家。相传，袁天罡赴京城长安的路上，利州（今四川广元）武士彟听说他擅长数术，便邀至府上，当时武则天尚在襁褓之中，穿着男儿服装，袁天罡便说：“龙瞳凤颈，富贵之极，可惜是个郎君，若是女孩，当为天下主”。

李淳风，岐州县（今陕西省凤翔县）人，太宗时升他为宰相，不接受，改任太史令，主管天文、历法、典籍、祭祀等，不仅是天文巨匠、数学天才，还是气象先哲，首次给风定级。现存于英国伦敦博物馆的敦煌卷星图前面，有四十八条气象杂占，其中十五条有“臣淳风言”字样。

神奇的《推背图》是袁天罡和李淳风两人根据《周易》推演国家大事的一部图文并茂而又暗藏玄机的名著，共六十象，一象一图，下面有谶语，后面有颂词。谶语大都是四言诗，也有三言、五言不等。颂词是七言诗，是对图和谶的一种注释、解释和补充说明的文字。

天文历算家、道家一代宗师袁天罡、李淳风先后慕名来到阆中风水宝地，并终老于此。他们在阆中从事天文、数术研究，使阆中在唐代成为全国天文研究中心。他们用渊博的学识服务于社会、遗惠于阆中，受到当地百姓的尊敬和爱戴。他们选定的归宿之地如今被命名为天宫乡，李淳风定居之地被命名为淳风村、淳风乡（镇）。他们像璀璨的星辰，永远闪烁于浩瀚的天宇。

天宫院是感悟风水，朝拜宗师，沐浴自然，净心养生的旅游度假胜地！

八、袁天罡墓和李淳风祠

袁天罡墓距天宫院一公里，位于观稼山半山腰，依山而建，坐北朝南。墓前明堂广阔，两边龙山夹送，邓家河、凤鸣河二水在此交汇流入西河，呈“麒麟奔日”的风水格局。

李淳风晚年追寻袁天罡足迹来到阆中，得知袁天罡辞世的消息后，便选择定居于西河之畔的圣泉岭下，设观星台、风动标，观测研究天文气象，并在这里完成了巨著《乙巳占》。后人们为了纪念他，在这里修建淳风祠，由观音殿、觇星台、风动标、六壬坛、八卦井和淳风墓等组成。李淳风继承了落下闳浑天仪的成果，加黄、赤、白道三环创建“浑天黄道仪”，是当时世界上最先进的观天仪。

唐高宗咸亨三年（672年），李淳风在阆中去世，葬于自选的墓地——西河侧畔的五里台。这里山势奇特，近观如“二龙戏珠”，与袁天罡墓遥遥相望。

九、结尾

这次来阆中，不虚此行。这里有这么丰富翔实的历史资料和千百年来当地人对他们的崇尚之情，我们还有什么理由不相信两位宗师晚年真的居足于此呢。我不仅相信了袁天罡和李淳风两位宗师晚年生活于此、归葬于此，而且还意外收获了滕王李元婴也生活于此，并在玉台山上修建滕王阁的历史事实。至于长安少陵塬上两位大师的墓葬是否为真，在我心目中已不太重要了。也许是当地的百姓为了纪念他们而修建的两座衣冠冢吧。

两位宗师晚年不呆在繁华的都城长安，却远涉千山万水来到阆中，可能是在滕王李元婴的感召之下慕名而来。李元婴文化底蕴深厚，又广结良缘，人格魅力可见一斑。诗仙李太白从长安大明宫拂袖而去，诗圣杜甫在少塬上失魂落魄，独具慧眼的一代宗师早已看破红尘，远离是非之地，乐山乐水乐逍遥，何乐而不为？

滕王李元婴在江西滕王阁里高规格款待“时运不济，命途多舛”的诗人王勃，以至于使王勃发出“幸承恩于伟饯”的感慨，李刺史想必也不会慢待名震宇寰的一代国师吧！不然他也不会请袁天罡规划营建古城。有这样一帮志同道合的风雅志士聚在一起，又有这么开明的地方官李刺史的荫护，怎么还会发出“居江湖之远则忧其君”的感慨！

人生得一知己足矣！

2022 年 7 月 25 日于陕西省西安市·曲江

长河大道

——参观黄河文化主题美术作品展有感

自从盘古开天地、三皇五帝到如今，中华民族上下五千年、中华儿女在黄河奔流不息精神的感召下，唱着黄河谣一路走来。

从远古时代的神话传说：伏羲八卦、河图洛书、大禹治水，到文人墨客对母亲河的吟颂："君不见，黄河之水天上来，奔流到海不复回"、"大漠孤烟直，长河落日圆"，一直到近代的《黄河大合唱》，一群中华民族的优秀子孙，开创了"延安精神""抗战精神"，打败了日本侵略者，建立了中华人民共和国。

今天，我们依然在黄河精神的激励下，迎难而上、开拓进取，建设自己的美好家园，实现中华民族伟大复兴的中国梦，九州大地处处洋溢着家国欢歌。在喜迎党的二十大召开之际，我们更应该自强不息，使我们的长河岁岁安澜、文脉传承、乡村振兴，为实现"十四五"规划和2035年远景目标添砖加瓦！

阳康

三年的防控也没能阻断病毒的传播，放开后，身边的家人和天南地北的朋友阳了的居多。病毒布下的程序好像都是一样的：第一天，喉咙不适，发干发痒；第二天，四肢无力，浑身发热发烧发冷发汗；第三天主要是喉咙干痛，仍然四肢无力；第四天声音发哑发干发痛，开始有痰，流鼻涕；第五天喉咙发痒，咳嗽，有痰，声音恢复;第六天，喉咙轻微发痒，轻咳，失去味觉，鼻子不适；第七天，轻微咳嗽，体力恢复，基本回归正常生活。

像张文宏教授讲的，得了新冠最好的药物是多喝水多吃鸡蛋和食物，多睡觉。减少外出活动，静养；中午开窗通风晒太阳。

病毒也有生命，是有智慧的，尤其是新冠病毒更有智慧，普天之下莫能逃之，慎之。唯有修身养性、增强体质以抗之！

2022 年 12 月 27 日于陕西省西安市